Allo

J'espère que tu vas apprécier
ce livre c'est une très
belle histoire d'amour

Danyka

Noublie pas de lire le.
2 autres livre

UN HIVER DE TOURMENTE

De la même auteure

Pour les jeunes

LA BIBLIOTHÈQUE DES ENFANTS,
Des trésors pour les 0 à 9 ans
Montréal, Éditions Québec Amérique, 1995.

DU PETIT POUCET AU DERNIER DES RAISINS
Montréal, Éditions Québec Amérique, 1994.

VALENTINE PICOTÉE
Montréal, Éditions Québec Amérique, 1998.

TOTO LA BRUTE
Montréal, Éditions Québec Amérique, 1998.

MARIE LA CHIPIE
Montréal, Éditions Québec Amérique, 1997.

ROMÉO LEBEAU
Montréal, Éditions Québec Amérique, 1999.

LÉON MAIGRICHON
Montréal, Éditions Québec Amérique, 2000.

LA NOUVELLE MAÎTRESSE
Montréal, Éditions Québec Amérique, 1994.

LA MYSTÉRIEUSE BIBLIOTHÉCAIRE
Montréal, Éditions Québec Amérique, 1997.

UNE BIEN CURIEUSE FACTRICE
Montréal, Éditions Québec Amérique, 1999.

UN HIVER DE TOURMENTE
Montréal, Éditions Québec Amérique, 1998.

LES GRANDS SAPINS NE MEURENT PAS
Montréal, Éditions Québec Amérique, 1993.

ILS DANSENT DANS LA TEMPÊTE
Montréal, Éditions Québec Amérique, 1994.

MAÏNA – TOME I, L'APPEL DES LOUPS
Montréal, Éditions Québec Amérique, 1997.

MAÏNA – TOME II, AU PAYS DE NATAK
Montréal, Éditions Québec Amérique, 1997.

Pour les adultes

MAÏNA
Montréal, Éditions Québec Amérique, 1997.

MARIE-TEMPÊTE
Montréal, Éditions Québec Amérique, 1997.

LE PARI
Montréal, Éditions Québec Amérique, 1999.

UN HIVER DE TOURMENTE

DOMINIQUE DEMERS

ROMAN

QUÉBEC AMÉRIQUE JEUNESSE

329, RUE DE LA COMMUNE O., 3E ÉTAGE, MONTRÉAL (QUÉBEC) H2Y 2E1 (514) 499-3000

Données de catalogage avant publication (Canada)

Demers, Dominique
    Un hiver de tourmente

    (Titan jeunesse ; 34)
    Éd. originale : Montréal : Courte échelle, c1992.
    Publ. à l'originale dans la coll. : Roman +.

    ISBN 2-89037-849-7

    I. Titre. II. Collection.

PS8557.E468H59 1998   jC843'.54   C98-940475-7
PS9557.E468H59 1998
PZ23.D45Hi 1998

Les Éditions Québec Amérique bénéficient du programme de
subvention globale du Conseil des Arts du Canada.

Le Conseil des Arts The Canada Council
du Canada for the Arts

Elles tiennent également à remercier la SODEC
pour son appui financier.

Québec ::

Diffusion :
Messageries ADP
955, rue Amherst
Montréal (Québec) H2L 3K4
(514) 523-1182
extérieur : 1-800-361-4806 • télécopieur : (514) 939-0406
Réimpressions : mai 1998, juillet 1999 et février 2001
Dépôt légal : 2e trimestre 1998
Bibliothèque nationale du Québec
Bibliothèque nationale du Canada

Mise en pages : Julie Dubuc

À Jeannine et à Michel

Chapitre 1

Vert forêt et bleu électrique

Ma mère a les cheveux bleus. Elle n'est pas complètement marteau, ni même un peu Martienne, mais simplement coloriste, au Salon Charmante, rue Principale à Saint-Jovite. La semaine dernière, ses cheveux étaient « or cuivré ». Le flacon 57, sur l'étagère du haut.

Derrière les séchoirs, tout au fond du salon, ma mère mélange des couleurs. Mèches, teintures, balayages, reflets... Il y a des peintres en bâtiment, d'autres en chevelure.

Le bleu, normalement, n'est qu'un reflet. Mais Fernande n'a pas eu le temps de revenir à sa couleur naturelle – noir corbeau sans numéro – avant de l'essayer. Elle sait maintenant que le nouveau « bleu nuit 13 » fait un peu psychédélique lorsqu'on l'applique sur un fond « or cuivré 57 ».

Moi, je rêve d'une mèche bleu électrique. Juste une, presque discrète, qui se tiendrait bravement debout sur le dessus de ma tête. Mais pas question ! La petite Marie-Lune de Fernande et de Léandre n'a pas le droit d'être punk. Je me contente d'une coupe légèrement étagée et terriblement ordinaire, signée Gaëtanne, l'amie de ma mère, propriétaire du Salon Charmante.

Ce n'est pas très sophistiqué, mais c'est un peu ébouriffé, ce qui me convient. Avant, j'étais plutôt du genre coupe champignon. Un bol de cheveux renversé sur le crâne. Une auréole de poils trop sages. Maintenant, c'est fini. Je m'appelle encore Marie-Lune, mais attention ! Je suis plutôt une Marie-Éclipse, une Marie-Tonnerre, une Marie-Tremblement de terre.

C'est drôle ! Les clientes de Fernande lui réclament les pires extravagances, et elle ne bronche pas. Maman peint en blond Barbie les cheveux roux de Mme Lalonde, étale du jaune carotte sur la tignasse noire de Mme Bélanger, teint en noir charbon les derniers poils blancs de Joséphine Lacasse et jure à ces épouvantails qu'elles sont ravissantes. Ces dames lui demanderaient une mèche vert limette, et ma mère brasserait les couleurs sans dire un mot.

Moi ? Voyons donc ! C'est différent.

J'ai déjà été la gloire de Fernande. Sa fille unique. Belle et brillante. Belle, dans la langue de ma mère, ça veut dire propre, bien mise et en bonne santé. Et brillante ? Des « A » partout, en français comme en chimie.

Depuis l'an dernier, ma mère me trouve moins belle et brillante, et beaucoup trop adolescente. Et depuis qu'Antoine est entré dans ma vie, je me suis métamorphosée en cauchemar ambulant. Je fais peur à mes parents. La nuit des vampires, c'est rien à côté de moi.

Fernande a du mal à digérer la nouvelle Marie-Lune. Elle se ronge les sangs et elle s'arracherait aussi les cheveux si elle n'en avait pas déjà perdu autant. Elle fait des drames avec tout, pleure pour rien et souffre toujours de migraines.

Quant à mon père, journaliste sportif au *Clairon des Laurentides*, il lit plus d'articles sur l'adolescence que sur le hockey. Le pauvre a failli faire une syncope en apprenant que 50 % des adolescents ont fait l'amour avant la fin du cours secondaire.

Je suis devenue suspecte.

J'aime Antoine depuis le 27 octobre. Je l'aimais peut-être déjà auparavant, mais j'étais trop poire pour m'en apercevoir. L'année dernière, à la fête d'Halloween de la polyvalente, j'avais dansé avec Sylvie Brisebois.

Sylvie est ma meilleure amie. On se connaît depuis la pouponnière. Nos mères étaient enceintes en même temps. Et toutes les deux, on habite au bout du monde. À vingt minutes de Saint-Jovite, en plein bois, au bord du lac Supérieur. Il n'y a que cinq familles assez cinglées pour vivre là douze mois par année. Quand je pense qu'on pourrait avoir un appartement au cœur de Montréal, près des boutiques de la rue Sainte-Catherine, ça me rend complètement folle.

Tout ça pour dire que l'an dernier, au party d'Halloween, pas un traître gars ne nous avait invitées à danser. On buvait sagement nos Coke dans un coin en faisant attention de ne déranger personne et de ne pas trop attirer l'attention. Deux vraies dindes !

Il faut croire que le Coke nous était monté à la tête parce qu'on avait décidé de danser ensemble. Un slow. Quand j'y pense, j'ai tellement honte. Mais Sylvie et moi, on fait toujours tout ensemble. Sylvie, c'est presque une sœur. On trouvait la musique belle, on était de bonne humeur et on avait envie de danser. C'est tout. Quand Claude Dubé et sa bande nous ont vues, ils se sont mis à hurler.

— Hé ! Allez-y, embrassez-vous, les lesbiennes ! Dérangez-vous surtout pas pour nous.

Notre soirée avait fini là. Sylvie et moi, on était rentrées au lac sans parler.

Cette année, Sylvie n'est pas venue au party d'Halloween. Et ça n'avait rien à voir avec les moqueries de la bande à Dubé. Ses parents descendaient passer la fin de semaine à Montréal. Pas question de manquer ça.

J'avais enfilé mon plus beau jean et la chemise bleu ciel du père de Sylvie. C'est elle qui me l'avait prêtée. Je n'avais pas osé emprunter celle de mon père : il aurait fait tout un plat.

Je me sentais drôle, ce soir-là. Triste et heureuse en même temps. Pour rien. Ça m'arrive parfois. J'ai les émotions de travers. Comme si on les avait passées au malaxeur.

Je regardais Nathalie Gadouas danser avec Antoine Fournier et je les trouvais terriblement romantiques. Antoine est grand et beau. Ses cheveux blonds sautillent sur son front et courent un peu sur sa nuque. Ses yeux verts sont immenses et ils brillent comme la forêt autour du lac, les matins d'été.

— Tu danses ?

J'ai changé de galaxie. J'étais loin dans mes songeries. Je ne l'avais pas vu approcher. Antoine était là, devant moi. Gauche et sérieux. Il avait l'air trop grand. Et gêné de l'être.

Je n'ai pas répondu. Je l'ai suivi. Ce n'était pas un nœud que j'avais dans la gorge, mais un troupeau d'éléphants. En avançant, je lui ai écrasé un pied – le droit, je crois. Il était aussi gauche que moi. En voulant me prendre le bras, il a failli s'enfuir avec mon chandail.

On n'a rien dit. On était encore un peu à l'écart du peloton de danseurs quand il m'a enlacée. Ça m'a donné un grand coup au cœur. Il faisait chaud et doux dans ses bras. Son chandail sentait l'automne, la terre noire et les feuilles mouillées.

J'ai toujours aimé l'automne. À cause des grands vents qui hurlent et qui secouent tout. L'automne n'est pas une saison morte. C'est plein de vie, de furie. Mais c'est aussi une saison qui nous berce pendant de longs moments. Au ralenti. En silence. Quand la pluie cesse et que les vents s'apaisent.

Je pensais à tout ça. Et au nom d'Antoine, pas tellement loin d'automne. Du bout de mon nez, je touchais son cou. Mes lèvres étaient toutes proches. J'aurais voulu l'embrasser. Tout de suite. J'avais envie de passer les trois prochains siècles enveloppée dans ses bras et portée par la musique.

Peut-être m'a-t-il entendu penser ? Il s'est détaché lentement. J'ai décollé mon nez de son cou. On s'est regardés. Ses paupières se sont abaissées. La grande forêt verte a disparu et il m'a embrassée. Sur les lèvres. Tout doucement. Tellement doucement que, si ses lèvres n'avaient pas été aussi chaudes, je me serais demandé si c'était vraiment arrivé.

Les musiciens ont annoncé une pause. J'ai pensé à Cendrillon. Mon père venait me chercher à vingt-trois heures. Le métro ne passe pas souvent à Saint-Jovite, surtout à destination du lac Supérieur.

— Il faut que je parte...

J'espérais qu'il comprendrait. Il n'a rien dit. Mais il a attrapé mes mains et les a serrées entre les siennes. Puis il est parti.

À la maison, Fernande m'attendait. Tant mieux ! J'habite à deux heures de Montréal, au bord d'un lac où il y a plus de canards que de jeunes de mon âge. Ma mère a toujours été mon amie. Un peu comme Sylvie. L'année dernière, après la danse, j'avais tout raconté à Fernande. Ma gêne, ma rage, mon désespoir. Cette fois, il m'arrivait quelque chose d'extraodinaire. Et je ne pouvais quand même pas aller le crier aux canards.

Je m'étais assise sur le bord du lit de ma mère. Et je lui avais encore une fois tout raconté. Depuis l'apparition d'Antoine jusqu'au baiser.

J'avais oublié qu'elle avait changé depuis quelques mois. Un vrai porc-épic. Je suis tombée de mon nuage. Une bonne débarque.

— Je n'en reviens pas ! Mon Dieu, que tu es naïve ! Réveille-toi, Marie-Lune ! Tu joues avec le feu. Si tu continues, tu vas te réveiller enceinte à quinze ans.

Ah bon ! Et moi qui croyais que pour faire des bébés, il fallait faire l'amour, pas juste s'embrasser. Ma mère gâchait tout. Je n'avais pas envie de faire l'amour avec Antoine.

Pas tout de suite, en tout cas. Je n'ai jamais fait l'amour, moi. Et je ne suis pas certaine du tout d'aimer ça. Des pénis, je n'en ai pas vu des tonnes.

La sœur de Sylvie a déjà fait l'amour. Elle dit qu'on transpire tellement qu'on dégoutte partout. J'imagine des flaques dans le lit et sur le plancher. Ce n'est pas très romantique. Elle dit aussi que la première fois, ça fait mal. Terriblement mal.

Ça fait rire Sylvie.

— Ma sœur aime faire du théâtre. Si c'était tellement horrible et effrayant, penses-tu qu'elle avalerait une pilule tous les matins ?

J'avais claqué la porte de la chambre de ma mère et j'étais allée me réfugier dans mon lit. Là, bien au chaud, j'avais fermé les yeux et je m'étais remise à danser.

Chapitre 2

Souvenir bleu ciel
et contrat bidon

— Veux-tu des œufs, du gruau ou du pain trempé dans le sirop ? Dépêche-toi de manger… Ah non ! On ne se déguise pas pour aller à l'école.

La voilà repartie. Drame numéro mille. Tout ça parce que j'ai enfilé la chemise bleu ciel du père de Sylvie. Gaston Boisvert a sûrement plusieurs chemises de la même couleur : il n'a pas encore remarqué la disparition.

Ça fait deux semaines et cinq jours que je n'ai pas vu Antoine. Enfin, c'est une façon de parler. À l'école, le matin, avant le début des cours, il m'attend. Il s'installe toujours sous le gros tilleul, au fond de la cour. Même les jours de pluie. On dirait qu'Antoine ne remarque pas le temps qu'il fait. Il porte toujours son blouson bleu-vert.

— Salut !

C'est tout ce qu'il m'avait dit le premier lundi matin après la danse d'Halloween. Je lui avais répondu, et la conversation s'était arrêtée là. Deux mots en tout. Il n'y avait pas de quoi écrire un roman.

J'étais gênée et j'avais peur. À peine descendue de l'autobus, je l'avais cherché des yeux. En l'apercevant, sous son parapluie de feuilles, je m'étais demandé si je devais le rejoindre. D'accord, on avait dansé et il m'avait embrassée. Mais la moitié des jeunes à la danse en avaient fait au moins autant. Comme le dit Sylvie, ça ne voulait rien dire.

J'étais adossée au tilleul. L'écorce est vieille et toute crevassée. Je sentais les bosses dans mon dos. J'avais froid. Il pleuvait bêtement. Des gouttelettes éparpillées, fines et froides. J'avais envie de disparaître. Je pensais que Sylvie avait probablement raison.

Sylvie croit que tous les gars sont comme Thierry Lamothe. L'été dernier, elle était allée au cinéma avec lui. Au moment où Indiana Jones échouait dans un marais infesté de crocodiles, Thierry avait plongé sa main sous la jupe de Sylvie. Elle avait crié, mais personne ne s'était retourné. La moitié des spectateurs avaient hurlé en même temps : un gros croco fonçait sur le héros.

Sylvie avait vidé son panier de pop-corn sur les cuisses de Thierry. Il avait déjà retiré sa main, à son cri. Au coup du pop-corn, il était parti. Sylvie était restée. Mais elle était furieuse. Et triste.

Tous les garçons ne sont pas comme Thierry. Le premier matin, pendant que je grelottais sous le tilleul en me tracassant, Antoine m'a entendue penser. Comme à la danse. On aurait dit qu'il avait deviné ce qui me trottait dans la tête. Il m'a regardée et il a pris ma main.

C'est tout. Ensuite, le temps a filé. On croirait qu'il fait exprès pour sprinter quand quelqu'un vous prend la main. La sonnerie du début des cours nous a surpris aussi trempés qu'heureux.

Depuis deux semaines, on se tient par la main le matin, et c'est tout. Parfois, il parle un peu. De la saison de hockey ou du cours d'anglais. Il adore le hockey et déteste Joan Cartner, la prof d'*english*.

Le midi, Antoine travaille à la cafétéria. On ne le voit pas. Il lave les chaudrons.

Sylvie était tout étonnée quand je lui ai raconté ça.

— Ouach ! Dégueulasse ! Tu imagines le fond des plats de spaghetti et de pâté chinois. Le dessus est dégoûtant, alors le dessous...

C'est vrai que la cafétéria de la polyvalente n'a pas très bonne réputation. Mario Levert jure que tous les plats du jour, pâté chinois, chili ou sauce à spaghetti, sont cuisinés avec du rat. Tous les midis, il achète trois hot-dogs. Il dit que les saucisses fumées sont faites de tripes, d'os et de toutes sortes de vieux restes : yeux, oreilles, queues, mettez-en ! Et il ajoute que c'est cent fois meilleur pour la santé que du pâté de rat.

Antoine a besoin d'argent. Son père est « ébéniste de métier, mais ivrogne de profession ». C'est Léandre, mon père, qui a déjà dit ça. Ça m'avait frappée, même si je ne connaissais pas vraiment Antoine dans ce temps-là. Le père d'Antoine est comme la cafétéria : il a mauvaise réputation. Tout le monde sait qu'il boit. Et la mère d'Antoine n'existe pas. Il n'en parle jamais. Elle est peut-être morte.

L'après-midi, entre la fin du dernier cours et l'arrivée de l'autobus, j'ai exactement huit minutes pour voir Antoine. Ça devrait rassurer ma mère : huit minutes, c'est un peu court pour faire l'amour.

Depuis l'Halloween, mes parents s'arrangent pour remplir mes week-ends. Ça fait deux semaines d'affilée qu'on va à Montréal. Ma mère a des rendez-vous avec un grand médecin spécialiste. Si je comprends bien, sa ménopause fait des siennes. C'est peut-être un prétexte pour m'empêcher de voir Antoine. Pendant que mes parents s'éclipsent, je magasine au Carrefour Angrigon près de chez Flavi, ma grand-mère.

Flavi était étrange, dimanche. La semaine précédente, je lui avais parlé d'Antoine. Elle avait été chouette. Comme d'habitude. Pas de question, pas de sermon. Cette fois, j'avais envie de la mettre dans le coup. Si seulement Flavi pouvait expliquer à sa fille et à son gendre que ce n'est pas bon pour une adolescente de passer ses soirées à compter les canards. J'allais lui parler quand Flavi a fermé la radio.

— Marie, il faut que je te parle.

Flavi ne m'appelle jamais Marie-Lune. Elle trouve mon nom un peu trop astrologique. Elle préfère Marie tout court. C'est plus terre à terre.

— Ta mère ne va pas très bien, Marie…

Elle est un peu malade… Et tes amours l'inquiètent…

— Flavi ! Tu te ranges de leur côté maintenant ?

— Mais non !

Elle était pâle. Je ne l'avais jamais vue aussi triste. Elle avait peut-être honte d'être prise en flagrant délit de trahison. Nous avons toujours été complices.

— Bon ! Oublie tout ça…

Flavi avait souri. Ce n'était pas très convaincant, mais c'était mieux que son air d'enterrement. N'empêche que le petit discours de Flavi m'avait coupé le mien.

Heureusement, j'ai Sylvie.

— Tu veux voir Antoine ? Pas de problème !

Sylvie adore jouer à la marraine de Cendrillon. Elle aime secourir les âmes en peine et exaucer les vœux compliqués. En plus, elle est douée.

Demain soir, je garde deux petits monstres. Jacynthe et Clothilde. Des jumelles. Mais elles ne me verront même pas. Ce n'est qu'un alibi. Sylvie s'occupera des petites pestes pendant que je serai chez Antoine, à deux rues de là.

J'ai raconté à Fernande et à Léandre que Sylvie m'avait décroché un contrat de gardienne. Je ne pourrais malheureusement pas veiller au lac vendredi soir.

— Papa n'aura pas à faire le taxi, je filerai droit chez les Dumoulin après l'école.

Léandre a promis de venir me chercher à vingt-deux heures trente, devant la maison des Dumoulin. Sylvie était fière de son coup.

— Penses-y ! Une soirée à bécoter ton Antoine. Si tes parents téléphonent, je dirai que je te tiens compagnie. J'ajouterai que les deux monstres t'en font voir de toutes les couleurs et qu'en bonne gardienne tu leur racontes une centième histoire. Si Fernande et Léandre tiennent à tout prix à te parler, je t'appelle chez Antoine et tu laisses ton Roméo deux secondes pour donner un coup de fil à tes parents.

Le plan est génial, et je meurs d'envie de passer une soirée seule avec Antoine. Mais en même temps, je me sens un peu triste.

Quelque part en moi, un continent vient d'être inondé. Une grosse tempête et pouf ! disparu de la carte. Avant, je n'avais pas de chum, mais j'avais deux amies. Ma mère et Sylvie. J'ai gagné un chum, mais je pense que j'ai perdu une amie.

Chapitre 3

Seule avec Antoine

Je me suis réveillée ce matin avec un bébé bouton éléphantesque sous le nez. Les boutons, c'est comme les embryons. Ça enfle tranquillement. Au début, notre face ne sait pas qu'elle est enceinte. Dans mon cas, l'accouchement ne devrait pas tarder.

Il est arrivé quelque chose d'étrange ce matin. Fernande avait la voix rauque, les yeux pochés, le visage pâle et les gestes lourds. On aurait dit que tous ses membres pesaient trois tonnes. Elle a encore téléphoné à Gaëtanne pour annoncer qu'elle serait en retard. Ma mère sirotait lentement son café quand une mésange a piqué dans la fenêtre de la cuisine.

Fernande s'est mise à hurler comme un chien blessé en voyant le petit paquet de plumes inerte. Rien ne semblait pouvoir l'arrêter. Léandre l'a entraînée dans leur chambre à coucher.

Avant de quitter la maison, je suis allée l'embrasser. Elle était étendue sur son lit mais ne pleurait plus.

— Tu te souviens que je garde ce soir ?

— Oui ? Oui, oui... Bonne chance ! Et n'oublie pas que les enfants doivent se brosser les dents avant d'aller se coucher.

Non mais faut le faire ! Ma mère a le don de se concentrer sur des insignifiances. Elle a l'air complètement lessivée et elle se fait du souci pour les caries de deux petits inconnus.

Ça me rappelle l'année dernière. Fernande avait passé deux semaines à l'hôpital. Une tumeur au sein. Rien d'inquiétant : c'était bénin. Une bosse stupide avait poussé là sans raison. Comme mon bouton. Fernande a sûrement eu peur quand même, car le contraire de bénin, c'est malin et ça, c'est un cancer. Moi, je n'ai pas eu le temps de m'inquiéter. Avant même de connaître le résultat des examens, Léandre m'avait juré que la tumeur n'était pas cancéreuse.

À l'hôpital, ma mère se tracassait à propos du *Guide alimentaire canadien*, l'évangile, selon quelques diététiciens à la noix persuadés que notre corps et notre cervelle vont se détraquer s'ils ne carburent pas midi et soir aux légumes verts et au pain à neuf grains. Tous les matins, ma mère téléphonait pour savoir ce que j'allais mettre dans mon sac à lunch.

— As-tu pensé à un petit morceau de fromage ? N'oublie pas ta pomme...

Ça m'étonne que l'hôpital ne lui ait pas offert un poste d'inspectrice des plateaux. J'imagine bien ma mère faisant le tour des civières pour sermonner des mourants parce qu'ils ont oublié trois petits pois dans leur assiette.

En sortant de la maison, ce matin, j'ai oublié ma mère et mon bouton. Antoine était dans l'air. On aurait dit que l'été des Indiens était revenu. Il faisait doux et le soleil brillait comme un fou. Ça sentait presque le printemps. Au risque de rater l'autobus, j'ai descendu la côte jusqu'au lac. Ça ne m'arrive pas souvent, et je n'en parle jamais. Fernande et Léandre pourraient s'imaginer que j'aime vivre dans notre jungle glacée au bout du monde.

Le lac était beau. Des taches de soleil

flottaient sur les vagues. Derrière, tout au loin, les pistes du Mont-Tremblant étaient presque blondes. La neige allait bientôt les envahir. Au pied de la montagne, les falaises noires forment un mur. On dirait qu'elles nous isolent du reste de la planète. Mais ce matin, ça ne m'embêtait pas. Il y a des jours où j'ai l'impression de posséder le lac au lieu d'en être prisonnière.

Un geai a crié. J'ai couru en pensant à l'autobus. Mais, à mi-chemin sur le sentier, je me suis retournée, j'ai regardé le lac une dernière fois, et j'ai crié, moi aussi. Pour me souhaiter bonne chance et bonne journée.

J'ai cherché Antoine toute la journée. Il n'était pas planté sous son arbre ce matin et il n'était pas à la cafétéria ce midi. J'ai téléphoné plusieurs fois chez lui, mais personne n'a répondu. J'étais prête à alerter les policiers quand Sylvie a fourré un billet dans la poche arrière de mon jean, en plein corridor, entre le cours de gym et le cours de maths. Elle s'est sauvée en riant.

J'ai attendu d'être assise, bien tranquille au fond de la classe, avant de défroisser le bout de papier. Même si Antoine est très grand, il écrit en lettres naines. Des pattes de mouches fines et minuscules, perdues sur la page :

À ce soir, beauté ! J'ai congé d'école aujour-
d'hui. Je suis peut-être malade d'amour.
J'espère que c'est contagieu. Es-tu prête à
l'attrapé ?
XXXXXXXXXXXXXXXXXXXXXXXXX
Antoine

Sylvie l'avait lu. C'est pour ça qu'elle
riait. Elle avait même souligné les fautes
d'orthographe. Un peu plus et elle gardait
le message pour elle. Elle n'est vraiment pas
gênée !

Moi, je n'ai pas ri. J'avais le cœur en
jello. Antoine parle peu. Il écoute. Il rit. Il
m'ébouriffe les cheveux. Il prend ma main.
La caresse ou la presse. Parfois, il me serre
très fort dans ses bras et il me soulève pour
me faire danser dans les airs. Ça veut dire
qu'il est heureux. Moi, je parle pour deux.

Alors sa lettre, quand on le connaît,
c'est la débâcle, le déluge, une véritable
inondation de mots. Une grande déclara-
tion d'amour.

Il s'était passé quelque chose. Quoi ? Je
ne savais pas. Mais c'était pour ça qu'il
n'était pas à l'école. Sinon, il serait venu.
Même s'il n'en avait pas envie. Parce
qu'il savait bien que je le chercherais sous
le tilleul.

Il s'était passé quelque chose, mais ce n'était pas la fin du monde.

Puisqu'il m'aimait.

J'avais envie d'envoyer promener Betterave, la prof de maths, et de courir tout de suite chez Antoine. Au diable Miss Mathématiques !

Betterave a les cheveux presque mauves, striés de mèches aux reflets rouges, et elle porte toujours des robes d'une autre époque aux couleurs mal assorties à sa tignasse. Sur une autre silhouette, ça ferait psychédélique et plutôt cool, mais dans son cas, c'est strictement inesthétique.

J'ai attendu patiemment la fin du cours. Ce n'était pas le temps d'être doublement délinquante. Le plan de ce soir suffisait pour aujourd'hui. La cloche a finalement sonné.

J'étais libre. Enfin ! Pas d'autobus, pas de parents. Et Antoine qui m'attendait…

Je ne sais pas ce qui m'a pris. Cinq minutes plus tard, j'étais devant le Salon Charmante. J'avais envie de voir ma mère avant. Sans raison. C'était fou, mais je n'y pouvais rien.

Fernande ne m'a pas vue tout de suite. Mme Laprise m'a souri dans le miroir. Maman me tournait le dos. Elle aspergeait d'un liquide brun les cheveux d'une Mme Laprise déguisée en extra-terrestre.

C'est comme ça, les mèches ! Il faut mettre un casque de caoutchouc troué et faire sortir de petites touffes de cheveux en les tirant à l'aide d'un crochet. J'avais cinq ans la première fois que j'ai vu ça. Mon père m'avait emmenée au salon voir maman, et je m'étais mise à crier en baragouinant une histoire à propos d'une Mme Monstre. Ma mère et Gaëtanne étaient mortes de honte.

— Salut !

Ma mère s'est retournée. Elle a dû imaginer une catastrophe, car elle s'est renfrognée.

— Que fais-tu ici, Marie-Lune ? Il est arrivé quelque chose ? Tu devais être chez les Dumoulin !

— Tu paniques pour rien Tout est parfait. Mme Dumoulin ne part pas avant dix-sept heures. J'ai le temps de flâner un peu. Je venais juste te dire bonjour.

Son visage s'est illuminé. Elle avait l'air franchement ravie.

— J'en ai pour cinq minutes. On pourrait boire un Coke ensemble… Veux-tu ?

Je ne pensais pas rester, mais je n'arrivais pas à dire non.

Je me suis assise devant le miroir. Et j'ai vu mon bouton. L'horreur ! Je l'ai tâté un peu pour mieux l'examiner. Évidemment, il avait grossi. J'ai sans doute fait une grimace. Ma mère devait m'épier. Elle a éclaté de rire. Un bon rire. Vrai. Franc. Ça faisait des siècles qu'elle n'avait pas ri comme ça.

— Tu es belle quand même, tu sais.

Ça aussi, on aurait dit que ça venait du fond du cœur.

Finalement, on n'a rien bu. Une cliente sans rendez-vous est arrivée à la dernière minute. J'ai embrassé ma mère à la sauvette et je suis sortie.

Antoine habite une rue presque déserte, sans arbres. C'est près de chez les Dumoulin, mais sur une autre planète. La maison des Dumoulin a trois étages, cinq chambres à coucher, un jardin immense, une piscine creusée et des tas de plantes toujours bien taillées. La maison d'Antoine est petite et laide. La peinture pèle sur les vieilles planches de bois et les carreaux des fenêtres sont crottés. La maison semble fragile et terriblement fatiguée.

Ça m'a donné un coup. Antoine a l'air fort et solide. Comme les sapins géants au bord du lac. Les tempêtes s'abattent, le froid grignote tout, le vent fouette les bouleaux et tord dangereusement leurs branches, mais les sapins bougent à peine.

Je ne m'étais jamais demandé où Antoine pouvait habiter. Sa maison ne lui ressemble pas.

J'avais imaginé qu'à mon arrivée, Antoine me soulèverait en me serrant dans ses bras. Mais on s'est simplement regardés comme deux imbéciles, et il m'a dit d'entrer.

On s'est écrasés sur le divan fané. La télé était allumée. Un jeu stupide. Une grosse madame venait de gagner une petite voiture rouge tomate. Elle sautillait sur place en battant des mains comme une enfant. J'ai ri. Ça allait mieux. Tout dans cette maison respirait la misère, mais Antoine sentait encore l'automne. C'était rassurant. Il portait sa chemise à carreaux. Celle que j'aime.

Du coin de l'œil, je l'ai observé. Il était soucieux. Ou fatigué. Ou les deux. Son regard était triste derrière le voile d'indifférence.

J'aime ses yeux. On y plonge comme dans une forêt. Secrète et silencieuse. Vaste et enveloppante. Terriblement vivante.

Je me suis rapprochée de lui tout doucement. Comme si je pouvais l'effrayer. Et je l'ai embrassé délicatement. Sur la joue.

Il m'a regardée. J'ai vu les larmes immobiles dans ses yeux. Prêtes à couler. Il m'a entourée de ses grands bras, et tout est redevenu comme avant.

Pendant qu'on préparait des sandwiches au similipoulet, Antoine m'a tout raconté. Hier, son père est rentré. Il était parti depuis lundi. Quatre jours sans donner signe de vie. Pierre Fournier sentait le gros gin et il avait les yeux vitreux, à son retour. D'habitude, l'alcool le rend seulement idiot. Il dit des sottises, rit pour rien, pleure aussi facilement et s'endort n'importe où en ronflant comme un moteur de Boeing 747. Cette fois, il était furieux.

Pierre Fournier gueulait contre le monde entier. Antoine n'a pas été épargné. Son père l'a traité de tous les noms, de « grand insignifiant » à « christ de débile » en passant par tout ce qu'on peut imaginer. Antoine a encaissé pendant un bout de temps. Puis il s'est levé et il a frappé son père.

— C'est arrivé tout seul. C'est la première fois que je fais ça. Même si j'ai souvent eu envie… Je ne l'ai pas frappé fort. Un coup de poing sur l'épaule. Mais il était tellement soûl… Il est tombé à terre. J'ai voulu l'aider. Il s'est vite relevé. Comme si, d'un coup, il était dégrisé. Il n'avait plus l'air fâché. Il avait l'air seul au monde. Perdu. Il est parti.

Je n'ai rien dit. Je ne savais pas quoi dire. Antoine n'avait pas dormi de la nuit. Ce matin, il m'avait écrit le message et l'avait donné à Jacques Ledoux qui l'avais remis à Sylvie. Puis il s'était couché. Nos sandwiches au similipoulet, c'était son premier repas de la journée.

On était presque joyeux. Ça faisait drôle d'être seuls dans une maison. Comme un vrai couple. Antoine a engouffré trois énormes sandwiches et bu autant de verres de lait. Ensuite, on est sortis marcher. L'air était doux et le ciel, peuplé de milliards d'étoiles. C'est romantique, les étoiles. On n'y peut rien.

Au retour, avant d'ouvrir la porte, Antoine m'a soulevée et il m'a portée dans ses bras jusqu'au salon. Les nouveaux mariés font toujours ça dans les anciens films.

J'ai ri. Lui aussi. Il a failli m'échapper.

J'ai échoué un peu brutalement sur le vieux sofa. Le pauvre a grincé. J'étais allongée, je ne riais plus, et mon chemisier était tout de travers. Antoine regardait la dentelle de ma camisole et la bretelle fine sur mon épaule. J'aurais pu tirer sur mon chemisier, mais j'étais hypnotisée.

J'avais peur et, en même temps, j'aurais donné la lune pour qu'il m'embrasse.

Partout. Sur la bouche. Dans le cou. Sur l'épaule. Sur un sein peut-être...

Antoine devine toujours... Ses lèvres ont effleuré ma bouche. À peine. Un bec de papillon. Puis elles ont couru sur mon cou, glissé jusqu'à l'épaule. J'ai eu un grand frisson. Dans mon corps, la terre a tremblé. Parfois le plaisir et la peur se ressemblent. Antoine s'est arrêté. Je ne savais plus si j'étais déçue ou soulagée.

— Je t'aime.

C'est lui qui l'a dit.

— Moi aussi.

J'avais la gorge nouée, les jambes molles. Envie de rire et de pleurer. J'avais peur de bouger. Comme si je risquais de me réveiller.

Il m'a embrassée. Longtemps. Longtemps.

Je courais dans sa forêt. À toute vitesse. Du plus vite que je pouvais. J'étais étourdie, essoufflée. J'avais envie de me noyer dans sa forêt. C'était chaud et humide. L'air était grisant. J'entendais son cœur battre comme un fou. Il courait, lui aussi. Aussi vite que moi.

Ses mains se sont mises à danser sur mon corps. Des caresses d'oiseau. Légères comme l'air. C'était tellement bon. Mon chemisier était ouvert. Antoine a descendu doucement les bretelles de ma camisole.

— Non ! Je veux pas !

C'est sorti comme un cri. J'étais déjà debout. J'étais fâchée, sans trop savoir contre qui ni pourquoi.

On avait couru trop vite. Ou trop longtemps. Je ne savais plus où j'étais.

Quelques minutes plus tard, j'étais dehors. L'air était glacé. J'ai couru jusque chez les Dumoulin.

Mon père était là. Dans sa vieille Plymouth. Il attendait. Il était furieux.

Chapitre 4

Le cri du pélican

— Je ne comprends toujours pas.

— Il n'y a rien à comprendre !

— Bon… Mais il a dit quoi, Antoine, quand tu es partie ?

— Il n'a pas eu le temps de parler. Je suis partie trop vite. Il faut que je raccroche, Sylvie. Mon père est déjà fâché parce que sa lasagne refroidit. Je te rappelle plus tard. Si je peux…

Le mercredi soir, Léandre prépare le repas. Et on sait 2000 ans d'avance ce qu'on va manger. La lasagne suit le pâté chinois et les petites boulettes. Une semaine avant le spaghetti, sauce à la viande. Mon père n'a jamais compris que les bouchers vendent autre chose que du bœuf haché.

Et Sylvie, elle, n'a pas compris qu'il vaut parfois mieux se taire. Depuis cinq jours, elle me pose sans arrêt les mêmes questions. Je serais ravie de lui retirer ses piles.

Depuis vendredi, tout va mal. Du village jusqu'au lac, Léandre n'avait rien dit. Il avait garé l'auto derrière la maison, coupé le moteur et s'était retourné vers moi. Si j'avais tué ma mère, ses yeux n'auraient pas lancé plus d'éclairs.

— Tu as menti !

C'était vrai, et je n'étais pas à un mensonge près.

— Non... Je devais garder avec Sylvie. Si vous m'aviez laissée garder à partir de treize ans comme elle, j'aurais des contrats, moi aussi. Antoine a téléphoné pour que je l'aide dans ses mathématiques, et je n'ai pas eu envie de refuser.

— Je ne suis pas né de la dernière pluie !

Quand mon père dit ça, c'est mauvais signe. Ç'a l'air poétique, mais ça signifie simplement : « Ne me prends pas pour un idiot ! »

— Ta mère a téléphoné à dix-neuf heures. Sylvie prétendait que tu étais occupée. Ta mère a insisté pour que tu donnes signe de vie. Une heure plus tard, pas de nouvelles. J'ai rappelé. Sylvie s'est excusée. Elle avait oublié de faire le message, et tu étais partie prendre un peu d'air. Mon œil ! J'ai pris mes clés et je suis allé te chercher.

Notre plan n'était pas parfait. Pendant notre promenade, Sylvie ne pouvait plus m'alerter.

Maman était couchée quand on est arrivés. Je savais qu'elle ne dormait pas. Le lendemain, notre maison était gaie comme un salon funéraire. Je n'ai pas fait de plans pour la soirée. Même si c'était samedi.

Léandre aurait refusé de jouer au chauffeur de taxi. De toute façon, je serais sortie avec qui ? Antoine était sûrement fâché. Avec raison. J'étais partie en furie trois minutes après qu'il m'eut dit : « Je t'aime. »

Je ne sais pas ce qui m'a pris. Je ne pensais pas qu'on irait aussi loin. Qu'on se toucherait. Qu'on se déshabillerait. Qu'on ferait l'amour, peut-être...

Enfin, j'y avais pensé... J'ai souvent essayé d'imaginer Antoine sans vêtements. Et chaque fois, je me dis que je le trouverais beau.

Mais dans ma tête, on faisait l'amour beaucoup plus tard. Un futur vague et éloigné. Chez lui, d'un coup, j'ai senti que c'était terriblement facile.

J'avais tellement envie qu'on ne s'arrête pas. Soudain, j'ai eu peur. Et honte. C'est bête, mais c'est vrai.

Antoine l'avait-il planifié ? Sur une porte des toilettes des filles à l'école, quelqu'un a écrit, ou plutôt égratigné : « Les gars sont tous des cochons. » Ça m'agace chaque fois que je lis ça. Léandre et Fernande pensent un peu la même chose. Tous les adolescents seraient des loups affamés de sexe et prêts à bondir pour m'avaler tout rond.

Antoine, un loup ! Qui serait assez fou pour penser ça ?

J'ai revécu au moins mille fois la soirée de vendredi dans ma tête. Et une fois sur deux – ce qui donne quand même cinq cents fois ! – on faisait l'amour. À ce rythme-là, je pourrais donner des cours dans quelques jours.

Les premières fois, on faisait l'amour comme des fous. Vers la cinquantième reprise, j'ai pensé aux pilules et aux condoms. J'avais eu le temps de faire assez de bébés pour fonder un village.

Le problème avec les pilules, c'est qu'on ne peut pas en traîner une dans sa poche juste en cas d'urgence. Il faut en prendre tous les jours et y penser d'avance. Les condoms, ça paraît bien dans les annonces à la télévision. Mais quand tu ne sais pas trop comment on fait l'amour, la scène du condom en plus, c'est presque héroïque.

Lundi matin, Antoine n'était pas sous le tilleul. Je m'y attendais, mais ça m'a quand même donné un coup.

En arrivant à la maison, en fin d'après-midi, je me sentais lourde comme un ciel d'orage. L'auto de Léandre était là. Pourtant, il n'était que seize heures. Maman travaille jusqu'à dix-sept heures et d'habitude, Léandre la prend au salon en passant.

Avant même d'ouvrir la porte, j'ai senti l'électricité dans l'air. J'ai tourné la poignée très lentement. Il y a eu un grand bruit de vitre fracassée. Et j'ai entendu Fernande crier :

— Je n'en peux plus ! Endormez-moi ! Tuez-moi ! Faites quelque chose. Je ne veux plus continuer. J'ai mal, Léandre. Je suis fatiguée. Tellement, tellement fatiguée.

Sa voix était écorchée. Forte, mais brisée. La porte de la salle de bains était fermée. J'ai reconnu les pas pesants de Léandre. Il était là, lui aussi. Puis il y a eu des sanglots. Étouffés. Comme lorsqu'on pleure la tête enfouie dans les mains ou au creux de l'épaule de quelqu'un.

J'ai filé vers ma chambre. Deux minutes plus tard, Léandre cognait à ma porte.

— Ta mère est simplement fatiguée...

Je n'ai rien dit. J'étais un peu soulagée. Au moins, il ne disait pas que tout était à cause de moi.

— C'est sûrement la ménopause. Tu sais à l'âge de ta mère, les femmes...

— Oui, oui. Je comprends.

J'avais surtout hâte qu'il disparaisse. Mon père n'est pas très doué pour jouer les psychologues, et c'est terriblement gênant pour tout le monde.

J'avais un devoir de français qui risquait de me coûter la soirée au complet. Vendredi, il faut remettre le résumé critique d'un livre.

En plus de résumer l'histoire, il faut dire ce qu'on en pense. Ce qu'on aime et ce qu'on n'aime pas. Ce qu'il faudrait changer. C'est quand même drôle ! Colombe, notre prof, répète sans cesse qu'on ne sait pas écrire, et voilà qu'il faut expliquer ce que les grands auteurs auraient dû faire.

Samedi, j'ai choisi un livre pour adolescents de 408 pages à la bibliothèque municipale du lac Supérieur. *Le Héron bleu*. J'ai pensé que ça meublerait mon week-end.

Je l'ai lu en deux jours et une demi-nuit ! C'est un très beau livre. Étrange et envoûtant.

Il y a un passage où Jeff, le héros, se sauve sur une île. Tout va mal dans sa vie. Il est chaviré. Soudain, il aperçoit un héron bleu. C'est un grand oiseau, mince et magnifique. Bizarre aussi… Ça lui donne un coup au cœur! L'oiseau semble seul au monde. Comme lui. Perdu dans un pays immense.

Après avoir lu ce passage, des images et des mots se sont mis à me trotter dans la tête. On aurait dit que j'avais déjà vu cet oiseau. Avant même d'ouvrir ce livre. Je connaissais un oiseau étrange et beau. Grand et émouvant. Mais ce n'était pas un héron.

J'ai compris tout à coup. Mon oiseau à moi, c'était un pélican. Et je ne l'avais jamais vu. Sauf dessiné par des mots.

Je l'avais trouvé dans la cave. Pas l'oiseau, mais le vieux recueil de poèmes de ma mère. Elle l'avait reçu à l'école. Le nom de Fernande était écrit à l'encre verte sur la première page. J'avais mis presque une heure avant de tomber sur la bonne page.

Quand j'étais petite, ma mère me lisait des poèmes dans ce livre-là, le soir, au lieu de me raconter *La Belle au bois dormant*. Fernande a toujours adoré les mots. Elle aurait aimé étudier la littérature ou quelque chose comme ça. Mais Max est mort, et Flavi a eu besoin d'aide au dépanneur.

Il y avait des tas de poèmes plutôt ennuyeux dans le vieux livre de Fernande. Mais l'un d'eux était très beau. Le héron bleu a réveillé des mots dans ma mémoire.

Lorsque le pélican, lassé d'un long voyage
Dans les brouillards du soir retourne à ses
roseaux
Ses petits affamés courent sur le rivage

Après, je ne savais plus. Je n'étais même pas sûre que ce soit le début. Le poème raconte que le pélican va chercher de la nourriture pour ses enfants et revient blessé, sans rien à manger. Je me souvenais aussi de quelques mots éparpillés. *Aile au vent, cri sauvage* et *rivage…* Je les ai retrouvés à la page 166.

Alors il se soulève, ouvre son aile au vent
Et, se frappant le cœur avec un cri sauvage,
Il pousse dans la nuit un si funèbre adieu,
Que les oiseaux des mers désertent le rivage

Les mots dont je me souvenais sont les plus beaux. Mais j'ai lu tout le poème plusieurs fois. Il s'intitule : « Le pélican ». C'est Alfred de Musset qui l'a écrit, il y a plus de cent ans.

Dans un court paragraphe au-dessus du poème, on raconte qu'Alfred de Musset était « le poète de l'amour ». J'ai pensé arracher la page et l'envoyer à Antoine. Mais il ne comprendrait pas, et j'aurais l'air idiote. De toute façon, il ne m'aime peut-être plus. Déjà.

Chapitre 5

Je t'aime encore plus qu'avant

C'est arrivé cette nuit. Il a neigé pendant six heures. Sans arrêt.

En me réveillant, j'ai tout de suite deviné. Une lumière blanche, toute joyeuse, se faufilait derrière le store et inondait toute la chambre. J'ai chaussé mes bottes et je suis sortie. Il faisait doux. La neige fondrait sûrement. En attendant, c'était tellement beau. J'avais envie de voir le lac.

Les grands sapins m'ont frappée tout de suite. La neige molle écrasait leurs branches. Le poids semblait énorme. Pourtant, ils se tenaient bien droits. Bravement.

J'ai décidé de parler à Antoine aujourd'hui.

Avant d'éclater.

Tant pis s'il ne m'aimait plus. S'il me trouvait ridicule et stupide. Je l'aimais encore, moi. Et je me sentais tellement seule. Il fallait que je lui dise...

Léandre m'a déposée à l'école avant d'aller travailler. J'avais inventé une histoire de projet à terminer à la bibliothèque. Je voulais arriver plus tôt. Avant Antoine.

La bande à Dubé était déjà dans la cour, derrière la polyvalente. Les gars jouaient au soccer dans la neige. Au printemps, ils jouent au hockey. Et ils mangeraient avec leurs oreilles pour se rendre intéressants.

J'ai filé vers le tilleul. Et j'ai attendu.

Vingt fois au moins, j'ai failli me sauver. Il le savait bien, Antoine, que j'étais malheureuse. Et il ne disait rien. Depuis des jours.

Dans le ciel, les nuages formaient des moutons et des géants, des oiseaux aussi. J'avais froid.

Soudain, je l'ai vu arriver. Il m'a aperçue de loin. Il s'est arrêté. Et il s'est dirigé vers moi. Plus il approchait, plus mon cœur battait fort. J'avais peur. J'avais hâte.

Il était maintenant tout près. Je ne voyais plus que ses yeux. Ils prenaient toute la place. J'avais déjà remarqué qu'ils changeaient souvent de couleur. Ce matin, ils étaient pleins de miettes d'or. Ils brillaient de loin. J'ai couru jusqu'à lui.

On s'est embrassés longtemps. Et on est restés enlacés plus longtemps encore. Sans dire un mot.

Plus tard, la cloche a sonné.

Betterave était absente aujourd'hui. Mario Levert en a profité. On peut toujours compter sur lui quand on a des remplaçants. Ce matin, c'était un nouveau sorti on ne sait d'où. Il n'avait pas l'air d'un pauvre diable échoué sur une île infestée de fauves. Il avait l'air baveux, tout simplement.

— Voici. Je suis monsieur Beaulieu et ne suis pas ici pour perdre mon temps.

— Juste le nôtre, je suppose.

Claude Dubé était fier de son coup. Beaulieu est devenu rouge. Puis mauve. Enragé. Il serrait ses mâchoires tellement fort que sa tête tremblait, et les veines de son cou se gonflaient dangereusement.

— Allez vous expliquer chez le directeur, monsieur l'insolent.

Tout le monde n'adore pas Dubé, mais Beaulieu réagissait trop vite et trop sévèrement pour un remplaçant. La guerre était déclarée. C'était au tour de Mario de jouer.

Mario a le don d'exaspérer les profs. Sournoisement. Il n'est pas très subtil : il rote, il pète, il tousse et il éternue. Ce matin, en prime, il a simulé une crise d'appendicite aiguë. On était crampés.

J'ai vu Antoine à la cafétéria ce midi. De dos seulement. Il avait le nez plongé dans un grand évier. J'aurais aimé qu'il se retourne un peu. Il aurait pu sourire ou me faire un signe. J'ai fait exprès pour parler un peu plus fort. Peine perdue.

Mme Lirette m'a tendu une assiette de rat en souriant drôlement. J'ai compris pourquoi une fois assise devant mon plat. Un bout de papier, collé avec du ruban adhésif, dépassait sous l'assiette.

JE T'AIME ENCORE PLUS QU'AVANT.

Ce n'était pas signé, mais ce n'était pas nécessaire.

Sylvie aussi l'a lu. Elle me l'a presque arraché. Elle était très excitée.

— *Wôw !* Ça, c'est beau. Vas-tu l'encadrer ?

J'ai failli me fâcher. Parfois, j'aimerais que Sylvie se mêle de ses affaires. Je l'aurais gardé pour moi, ce billet-là. Comme un secret, entre Antoine et moi.

Demain, c'est ma fête. Quinze ans. Enfin !

Ce soir, maman était presque gaie. Il était temps ! Quand j'ai la grippe, elle dit toujours qu'il ne faut pas trop s'écouter, qu'il faut se secouer, mais elle, elle se vautre dans sa ménopause. Léandre a dû acheter un nouveau miroir pour la salle de bains.

— As-tu des plans pour demain soir, chérie ?

Je n'y avais pas pensé. Cette semaine, je n'avais qu'Antoine en tête. J'avais presque oublié ma fête.

— Non... Je ne crois pas...

— Je travaille demain soir. Je suis désolée. J'aurais aimé t'amener au restaurant, mais le vendredi soir, on est tellement occupés au salon... Je ne pouvais pas demander congé.

Ma mère n'est pas vraiment l'être humain avec qui je souhaitais célébrer ma fête, mais ça m'a fait un peu de peine. Un anniversaire, c'est un anniversaire. Et une mère, une mère. Quand même !

— Si tu veux, on peut sortir ensemble, Marie-Lune...

Quoi ! Seule avec mon père ? Pour parler des nouvelles batteries d'autos vendues chez *Canadian Tire* ? Pas question !

— Merci, papa... mais Sylvie serait fâchée si je n'étais pas avec elle le soir de ma fête. On écoutera de la musique...

— Ça tombe bien. La mère de Sylvie t'invite à manger demain soir. Elle est passée au salon aujourd'hui.

Quelle fête à l'horizon ! Pas très olé olé.

Je donnerais la lune pour être avec Antoine demain soir.

Chapitre 6

L'oiseau de bois

Je n'avais pas sitôt enlevé mes bottes que Sylvie me faisait grimper quatre à quatre les marches de l'escalier.

— Viiiite ! Accélère ! Je veux te donner ton cadeau.

C'est quand même bon d'avoir une amie. Je pensais que ma fête s'était terminée ce matin, avant l'école, quand Fernande et Léandre m'avaient offert mon jean et mon chemisier.

Je les portais aujourd'hui. Antoine a dit que j'étais sexy. Ça m'a un peu gênée. C'était la première fois qu'un gars utilisait cet adjectif en parlant de moi. Je nous ai revus chez lui.

— Je t'aime.

J'ai réussi à le regarder droit dans les yeux en disant ça.

Antoine est imprévisible. Il a baissé les yeux. Il a pris ma main. Et il y a déposé un baiser. Au bout des doigts. Léger, léger.

La chambre de Sylvie ressemble à une vaste poubelle. Il y traîne souvent une pointe de pizza séchée, quelques vieux cœurs de pommes et des tas de boulettes de papier.

Au bout de quinze minutes, elle a fini par déterrer mon cadeau dans tout ce désordre. Une boîte minuscule, emballée dans un papier bleu et doré. J'ai mis un temps fou à l'ouvrir. C'était bardé de ruban adhésif. La boîte était légère. Il n'y avait qu'un bout de papier à l'intérieur :

DESCENDS AU SOUS-SOL.

Bon ! Ça y est : Sylvie est retombée en enfance. Une course aux trésors à notre âge ! Sylvie semblait s'amuser follement. Tant mieux pour elle !

La maison était sombre et tout à fait silencieuse. En ouvrant la porte de la cave, j'ai entendu un bruit. Comme un cri de moineau, suivi d'un éclat de rire. Les lumières se sont allumées d'un coup et une vingtaine de fous m'ont assaillie en hurlant des BONNE FÊTE ! à tue-tête. Il y avait Josée, Valérie, Gaétan, Mario, Isabelle, Johanne, Mathieu et beaucoup d'autres.

Et un peu à l'écart, il y avait Antoine.

J'ai sauté dans les bras de Sylvie. Et je me suis mise à pleurer. Les chutes Niagara, c'est de la petite pluie à côté de mes larmes. Quand Marie-Lune Dumoulin-Marchand fabrique des larmes, attention, ce n'est pas au compte- gouttes !

Je pleurais parce que j'étais trop con- tente. Parce qu'il était là. Parce que tout le monde était là. Parce que c'était la première fête surprise de ma vie. Et un peu aussi parce que je m'en voulais d'avoir négligé ma meilleure amie depuis qu'Antoine était entré dans ma vie.

— Merci, la vieille !

— Vieille toi-même ! Tu remercieras ta mère aussi quand tu la croiseras. L'idée vient d'elle. Mais attention ! Je n'ai pas été inu- tile : si ton grand truc blond est ici ce soir, ce n'est sûrement pas grâce à elle...

— Tu es pleine de défauts, Sylvie. Et tu n'as vraiment pas d'allure... Mais je t'adore !

Les parents de Sylvie ne nous ont pas trop dérangés. Gaston est descendu une fois, au début, pour saluer tout le monde et expliquer les règlements.

— Amusez-vous, lâchez votre fou ! Ceux qui veulent fumer, allez geler dehors : ma femme et moi, on est allergiques à la cigarette. Pas de drogue non plus dans ma maison : ça me donne des boutons. Embrassez-vous, si vous voulez, ce n'est pas péché. Mais ne vous arrangez pas pour que les pouponnières soient débordées dans neuf mois. Les becs, ça suffit. Compris ?

C'était clair. Et sympathique.

Tous les gars m'ont invitée à danser. On aurait dit qu'ils faisaient exprès pour agacer Antoine. Mon grand blond se faisait discret. Il attendait son tour.

Finalement, on s'est retrouvés. Et comme par hasard, c'était sur une chanson des T.B., notre chanson, celle du party d'Halloween. Sans trop le savoir, j'attendais ce moment depuis des semaines. C'est ce que je voulais le plus au monde. Danser avec Antoine. Comme la première fois. J'étais un coureur de fond enfin arrivé à destination. Je ne voulais plus bouger. Pendant au moins deux ou trois milliers d'années.

Ma tête s'est creusé un nid contre l'épaule d'Antoine. Ses bras m'ont enveloppée tendrement. Le paradis doit ressembler à ça.

J'ai pensé à ma mère. Encore. Elle écoute souvent une chanson d'amour de Barbara. C'est une chanteuse française qui a un nez énorme. La musique est affreuse, et la voix de la fille encore pire, mais les paroles sont plutôt belles. Cette chanson m'est revenue :

Elle fut longue la route mais je l'ai faite la route
Celle-là qui menait jusqu'à vous
J'avais fini mon voyage
Je déposais mes bagages
Vous étiez venu au rendez-vous...

J'enlèverais les *vous*. On n'est pas au Moyen Âge ! Mais le reste est parfait. Ça disait exactement ce que je ressentais. Ça prouve peut-être qu'à quinze ans, l'amour, ce n'est pas vraiment différent. C'est aussi grand, aussi fort, aussi important.

On dansait en respirant tout juste. On ne bougeait presque pas. Sa grande main a pressé mon dos. Nos corps se sont rapprochés. Je me sentais brûlante. De la tête aux pieds. On s'est embrassés.

Monique est descendue avec une assiette grande comme un navire prêt à sombrer sous le poids des sandwiches. J'ai reconnu les petits sandwiches ronds que Fernande prépare pour les grandes occasions.

Antoine m'a regardée. J'ai compris tout de suite.

Dehors, il neigeait. Une neige folle et fine. De minuscules papillons tombaient mollement en nous chatouillant le nez de temps en temps. On a fait à peine quelques pas avant de se coller contre le mur de pierres froides.

— Bonne fête, beauté !

Il disait ça avec des yeux espiègles.

— Si je l'avais su avant, je t'aurais acheté un beau gros cadeau.

J'ai ri. Même s'il l'avait su dix ans avant, Antoine n'aurait pas eu d'argent.

— Tiens ! J'ai trouvé ça dans une poubelle, ce matin.

Les poubelles, je n'ai jamais trouvé ça romantique. Même quand le plus beau gars du monde fouille dedans. Antoine me tendait un petit sac de papier brun fermé comme une pochette avec un bout de ruban.

— Ne t'inquiète pas, ça ne sent pas trop la poubelle.

Il m'avait fait marcher. J'ai défait le ruban. Le vent l'a tout de suite emporté. Tant pis. Sinon, je l'aurais gardé. À l'intérieur du sac, il y avait un tout petit oiseau sculpté dans du bois. Je n'aurais pas pu deviner l'espèce. Mais c'était un oiseau bien vivant. Prêt à s'envoler. Pas un héron. Ni un pélican. Peut-être un peu les deux à la fois.

Antoine est dans ma classe de bio. Avant-hier, on a parlé d'oiseaux. Lenoir nous a demandé de nommer les espèces qu'on saurait identifier. J'ai parlé du pélican. Il était un peu surpris. Il m'a demandé si j'en avais déjà vu un. J'ai bafouillé un peu. C'était gênant. Surtout parce que Antoine était là. Antoine à qui je n'avais pas parlé depuis presque une semaine.

Finalement, je me suis lancée. J'ai tout raconté. J'ai même récité les plus beaux vers du poème d'Alfred de Musset. Personne n'a ri.

Lenoir a dit que c'est parfois dans les œuvres de fiction qu'on trouve les meilleures descriptions de certains animaux. Il a ajouté que les artistes – les peintres, les poètes, les écrivains – pouvaient nous aider à découvrir la nature.

Je regardais le petit oiseau au creux de ma main. J'étais émue. C'est ce qui me fascine chez Antoine. Il parle si peu. Mais il écoute beaucoup. Chacun de ses gestes devient extrêmement important. Ça vient toujours de loin.

— Je t'aime.

Je me suis blottie contre son corps. Il m'a serrée très fort. J'avais un peu froid. On était sortis vite. Mon manteau était grand ouvert. Il m'a frictionné le dos, puis il s'est mis à attacher mes boutons un à un en commençant par ceux du bas. J'ai ri.

À mi-chemin, il s'est arrêté. Ses mains ont glissé autour de ma taille. Lentement, elles m'ont caressé le ventre avant de se poser sur mes seins. Elles tremblaient un peu. J'ai senti mon corps se tendre comme un arc. Mais je n'avais pas envie de lancer des flèches. Je n'avais pas peur. Je n'avais pas le goût de faire l'amour non plus. J'avais seulement envie de lui dire : « Je t'aime. » Des millions de fois.

Une portière a claqué. J'avais cru entendre une voiture arriver. Le moteur a démarré en trombe. Les pneus ont crissé.

Ma mère était au volant.

Fernande était venue embrasser sa fille et jaser avec Monique. Mais elle ne s'était même pas rendue jusqu'à la maison de Sylvie.

Cette fois, ma fête était vraiment finie. Je voulais rentrer maintenant. Je devinais ce qui m'attendait. Merde !

Chapitre 7

Crises, enfer et catastrophe

— C'est comme ça que tu nous remercies, ton père et moi ? On a tout fait pour t'élever comme du monde. On ne mérite pas ça. Tu n'as pas le droit de te jeter dans les bras du premier venu. As-tu compris, Marie-Lune Dumoulin-Marchand ?

Ma mère était déchaînée. C'était pire que tout ce que j'aurais pu imaginer. Et elle pleurait. Un véritable torrent ! Je me disais que l'actrice en mettait trop. Mais elle était convaincante. De grosses larmes grises roulaient sur ses joues. Elle s'était maquillée un peu. C'est rare. Et le trait de crayon sous ses yeux salissait ses larmes. Ma mère faisait presque pitié.

— Tu sauras, ma petite fille, que la première fois que j'ai embrassé un garçon, c'était ton père. Et ce n'était pas comme ça. Je vous ai vus ! Il te touchait…

— C'est vrai ! Et j'aimais ça.

Sa colère est tombée d'un coup. Elle était saisie. Elle m'a regardée avec ses grands yeux verts, et j'ai eu un choc, moi aussi. Ses yeux sont verts comme les grands sapins, verts comme les yeux d'Antoine. Je ne l'avais jamais remarqué avant.

— Je l'aime, maman. Pour vrai. Il ne veut pas abuser de moi. Il ne veut pas me manger tout rond. Quand on s'aime, on veut se toucher. C'est normal. Tu m'avais dit quelque chose comme ça, le jour où tu m'avais expliqué ce que c'était faire l'amour. Je le savais déjà depuis longtemps, mais je les trouvais beaux, tes mots.

— Tu mêles tout ! Tu as quinze ans. Tu ne vas quand même pas prendre la pilule à quinze ans ! Tous les psychologues disent qu'il ne faut pas brûler les étapes. Si ça continue, tu seras déjà vieille à dix-huit ans.

— Tu es bouchée ! Si le père d'Antoine ne faisait pas si dur, je me demande si tu ferais un tel drame. Tu es snob ! C'est tout.

— Non ! Je ne suis pas snob. Mais j'ai une fille ingrate. Et insolente. Ton Antoine, je le connais depuis qu'il est bébé. Sa mère était à l'asile, la moitié du temps. Et son père a toujours empesté le gros gin. Pour faire pousser des bons légumes, il faut du bon engrais. Antoine n'est pas un mauvais diable, il fait même pitié, mais ce n'est pas un gars pour toi.

— Mange de la *marde* !

Cette fois, c'est moi qui pleurais. Je la détestais. J'avais envie de lui sauter au visage. Elle n'avait pas le droit de salir Antoine comme ça. C'était fou. Méchant. Et tellement stupide, son histoire de légumes. Ma mère est snob. C'est tout.

J'ai couru jusqu'à ma chambre. J'ai claqué la porte et je me suis jetée sur mon lit. J'étais crevée. Je suis tombée endormie en pleurant dans mon oreiller.

Samedi soir, Sylvie est allée à la discothèque, à l'école. Antoine était là. Il m'attendait. D'habitude, je vais à toutes les danses comme à toutes les activités organisées par l'école. Pour Fernande et Léandre, l'école est une police d'assurance. Tout ce qui se passe entre les murs de cet édifice est béni d'avance. S'ils savaient...

— Il faisait pitié, ton Roméo.

— Pitié, mon œil ! Allez-vous arrêter de dire qu'il fait pitié ! C'est peut-être moi qui fais pitié. Je ne suis pas allée à la discothèque, moi. Je n'avais personne avec qui danser.

J'étais furieuse, au téléphone.

— Calme-toi ! Je devine ce qui t'énerve. Antoine n'a pas dansé non plus. Tu es contente ? Il n'arrête pas de parler de toi. Même que, franchement, ça commence à me fatiguer. Je t'aime bien, mais comme sujet de conversation, je pourrais imaginer autre chose !

— Excuse-moi, Sylvie. C'est l'enfer ici ! Viens-tu faire un tour ?

— Je voudrais bien, mais on passe la journée chez mon parrain. C'est la fête d'Émilie, sa petite peste de deux ans. Ça promet...

J'ai enfilé mes bottes et mon manteau et je suis allée marcher. Je pensais faire le tour du lac à pied. Deux heures de randonnée, ça devrait me calmer. En passant devant l'église du lac, j'ai entendu chanter. L'abbé Grégoire chante comme un crapaud enrhumé, et sa chorale ne vaut guère mieux, mais la chaleur de leurs voix me faisait du bien.

L'église du lac est jolie. Derrière l'autel, on voit l'eau, les falaises, les montagnes. Il y a quelques années, j'allais souvent à l'église, maintenant je me contente des messes de minuit.

La porte a grincé quand je suis entrée. Le prêtre buvait du vin. Je ne me souvenais plus si c'était avant ou après la communion, ce bout-là. Je me suis assise. J'étais bien. Il fait toujours chaud dans l'église. C'est silencieux, mais c'est vivant en même temps. Peut-être parce qu'il y a des gens.

J'étais assise complètement à l'arrière. J'aurais pu m'étendre sur le banc, lire un livre, faire n'importe quoi. Personne ne m'observait. Je me suis agenouillée. Pour une fois, j'en avais vraiment envie. J'avais le goût de me ramasser en boule pour penser. Mais sans m'en apercevoir, j'ai prié.

C'était quand même drôle parce que je ne crois plus en Dieu depuis quelques années. Je pense qu'on meurt comme les chats. On raidit, on refroidit et puis on engraisse la terre. Ça fait presque mon affaire. C'est moins angoissant que l'idée de vivre éternellement. Surtout qu'au paradis, si j'ai bien compris, il n'y a pas grand-chose à faire.

Prier, c'est un bien grand mot. Disons que j'ai parlé dans ma tête. À quelqu'un qui n'existe probablement pas. Mais tant pis.

Je lui ai dit que j'avais mon voyage. Que ma mère n'était plus comme avant. Et que moi aussi, j'avais changé.

Je lui ai confié qu'en ce moment, je me sentais comme les feuilles tombées que le vent pousse de tous côtés. Elles n'ont rien pour s'agripper.

Je lui ai raconté que j'aimais quelqu'un. Beaucoup. Mais que l'amour laissait de grands trous dans ma vie.

À l'école, le lendemain, Antoine m'a demandé si mes parents me laisseraient sortir samedi prochain. Ça m'a fâchée. On était bien, en paix sous notre arbre. Pourquoi commencer à planifier ? À s'inquiéter ?

Au cours de maths, mercredi, Betterave m'a attrapée à copier. Je n'avais pas étudié. La veille, Fernande avait lancé un verre contre le mur de la cuisine. De toutes ses forces. Pour rien. C'est sa façon à elle de hurler, je crois. On ne sait même pas pourquoi. Elle a maigri. Elle a vieilli. Elle se promène avec un air de cimetière et de temps en temps, elle fait éclater du verre. Ce n'est pas très gai au 281, chemin Tour du lac.

J'avais décidé que j'avais assez de problèmes dans ma vie sans m'en inventer avec des chiffres. C'est pour ça que je n'avais pas préparé l'examen de Miss Mathématiques.

— Puisque vous aimez copier, mademoiselle Marchand, nous allons vous gâter. Avant le prochain cours, copiez-moi cent fois : « À l'avenir, je ne copierai pas. »

L'imbécile. Elle se trouvait drôle.

Le cours de maths était le dernier de la journée. J'attendais l'autobus en compagnie d'Antoine quand un homme s'est dirigé vers nous. Il marchait lentement, et ses jambes semblaient si molles que chaque pas devenait un exploit. Ses yeux étaient trop rouges et sa barbe trop longue.

— Salut, mon petit gars ! Ton père est venu te chercher. Tu diras pas que je m'occupe pas de toi. Si t'es fin, je vais t'acheter un bon cornet au dépanneur.

Le père d'Antoine était très soûl. Il devait s'imaginer que son fils avait cinq ans, et qu'on était en plein été. Ça fait deux mois que le dépanneur ne vend plus de crème glacée.

Antoine était très gêné. J'avais mal avec lui.

— Je pense que je vais y aller.

C'est tout ce qu'il a dit avant de partir. Son père l'a suivi en criant de l'attendre.

Fernande n'était pas à la maison quand je suis rentrée. C'était pourtant son jour de congé. Flavi m'attendait dans la cuisine.

Elle portait un long tablier et roulait des cigares au chou.

— Ta mère est à l'hôpital...

La voix de Flavi était bizarre. Mal ajustée.

— On lui fait un traitement...

Sa voix était meilleure. Elle a souri.

— Ne t'inquiète pas, Marie. Ta mère avait mal au ventre depuis un bout de temps... Ils vont essayer de régler ça. Avec un peu de chance, ça devrait bien aller.

Un peu de chance ! Ça veut dire quoi ? Et s'ils ne réussissent pas ?

— As-tu faim ? Je vous prépare un bon repas...

J'ai embrassé Flavi et j'ai filé dans ma chambre faire mes devoirs.

Flavi est restée jusqu'à vendredi. Ce soir-là, j'ai encore demandé à Léandre de m'emmener avec lui à l'hôpital. Depuis mercredi, il refusait que je l'accompagne.

— Attends encore un peu, Marie-Lune. Ta mère prend des calmants. Elle dort presque tout le temps. Demain, peut-être qu'elle se sentira mieux.

Il m'a répété ce qu'il m'avait dit la veille et l'avant-veille. Il m'a aussi prévenue qu'il rentrerait très tard. Un dernier article à écrire pour l'édition de samedi.

Antoine est venu. Il a fait de l'auto-stop

jusqu'au chemin Tour du lac et il a marché jusque chez nous. Je me suis rappelé combien je l'aime quand je l'ai vu, le manteau couvert de neige, les joues glacées et les yeux pleins de lumière.

Pauvre Antoine ! Au lieu de l'inviter à entrer, j'ai sauté dans mes bottes et je l'ai entraîné jusqu'au lac. Au bord de l'eau, il y a un grand banc de bois. J'ai balayé la neige avec mes mitaines.

— Je voulais voir le lac avec toi. On ne restera pas longtemps. Juste quelques minutes...

Antoine a ri. On s'est enlacés. Autant parce qu'on s'aime que pour se réchauffer.

Il faisait déjà noir. Des tas de petits bruits trouaient la nuit. Ils venaient du vent, de l'eau, des oiseaux et des bêtes cachées que la lune réveillait. J'aime cette musique, lourde de silences.

— Viens...

Antoine s'est levé en m'attirant vers lui. Ses bras m'ont emprisonnée, et il m'a embrassée.

Je n'arrivais plus à entendre les sons de la nuit. Mon cœur s'est mis à battre plus fort. Mais je ne ressentais ni plaisir ni désir. Seule l'angoisse montait en moi. C'était la voix de Fernande que j'entendais. Des miettes de phrases, de tristes petits bouquets de mots. Et des cris étouffés. Comme des appels au secours.

Antoine a senti que je n'étais pas avec lui. Mais il n'a pas compris.

— Ça t'a refroidie de voir mon père cette semaine, hein ? Dis-le. Je comprends ça...

Quelque chose en moi s'est rompu. Antoine aussi était loin de moi maintenant. J'étais vraiment seule sur mon île. Comme Jeff, dans *Le Héron bleu*.

J'avais envie de hurler, de pleurer, de courir jusqu'au bout du monde. Mais sur une île, le bout du monde n'est jamais bien loin.

— Je m'en sacre de ton père ! Et du mien. Et de ma mère. Et de TOI ! Je veux juste la paix !

Antoine est reparti. Aussi gelé que lorsqu'il était arrivé.

Pendant la nuit, j'ai fait un cauchemar. Je marchais tranquillement sur la route autour du lac. Antoine était avec moi. Il me tenait la main. Le temps était magnifique. Le soleil s'accrochait aux mottes de neige sur les branches des sapins.

Soudain, un camion a foncé sur nous. J'ai crié. Antoine m'a poussée vers la forêt.

Le camion a frappé Antoine. Son grand corps a volé avant de rebondir sur le pavé.

J'ai eu le temps de voir le chauffard. C'était Fernande.

Je me suis réveillée en hurlant.

Léandre est venu. Il était gêné. Il n'a pas l'habitude de me consoler. Je tremblais comme un bouleau battu par le vent. J'étais incapable d'arrêter.

Je ne lui ai rien raconté. Mais il m'a pris dans ses bras. C'était doux et chaud. Mon père doit être à peu près grand comme Antoine. C'est un peu pareil dans ses bras. Ça m'a calmée.

Chapitre 8

Fernande est partie

J'ai dormi très tard. Et je me suis réveillée avec la drôle d'impression d'être en retard. Pour rien, puisqu'on était samedi matin. Sans réfléchir, j'ai enfilé rapidement un vieux costume de jogging. De gros bas de coton. Mes espadrilles. J'ai donné trois coups de peigne dans mes cheveux. Je me suis brossé les dents.

J'étais prête. J'ai su pourquoi en vissant le petit capuchon blanc sur le tube de pâte dentifrice.

Il fallait vite réveiller Léandre. Depuis quand dormait-il aussi tard ? Je voulais voir Fernande. Et pas cet après-midi. Ce matin.

Tout de suite.

La chambre de Léandre était vide. Les couvertures du lit déjà tirées.

Sur le comptoir de la cuisine, il m'avait laissé un message.

PARTI À L'HÔPITAL.

J'ai attrapé mon manteau. Tant pis. Je marcherais jusqu'au dépanneur et de là, je trouverais quelqu'un qui descendrait au village.

Dehors, j'ai remarqué que j'avais oublié de mettre mes bottes. Tant pis. J'ai fait quelques pas dans la neige dure. L'auto de Léandre est arrivée.

Je me suis arrêtée.

Il est sorti.

— Elle est morte.

C'est tout ce qu'il a dit.

Chapitre 9

Le désert de pierres

Antoine est venu au salon. Sylvie aussi. Toute la classe est venue. Même des profs que je ne connais pas.

Ce n'est pas épeurant, un mort. Ce n'est pas épeurant, parce que ça n'a pas l'air vrai. Ça ressemble aux statues du musée de cire. Le bout des doigts est mince, aplati. Et la peau trop dure, trop sèche. On voit le maquillage épais. On dirait un déguisement.

On reconnaît la personne, mais en même temps, on a envie de dire :

— Ce n'est pas elle. Vous vous êtes trompés.

Je n'ai pas pleuré une seule fois. Mario a même réussi à me faire rire. Sans se forcer. Je le regardais et j'avais le fou rire. C'est idiot, mais ça l'a gêné. Il n'est pas resté longtemps.

Antoine non plus. Il est venu le premier soir. Il avait l'air d'un homme dans son costume du dimanche. Je me demande où il l'a pris. Il a donné une poignée de main à Léandre et lui a offert ses condoléances.

Mon père m'a surprise. Il a pressé Antoine contre lui, comme s'ils étaient de vieux amis. Antoine avait les yeux mouillés quand il m'a enfin regardée. Il m'a enveloppée dans ses bras. Et il m'a murmuré à l'oreille :

— Je t'aime. Je suis là. Appelle-moi quand tu voudras.

Puis il est parti.

Je ne l'ai pas rappelé. Je n'ai peut-être pas eu le temps. J'étais comme une toupie au salon. Tout le monde m'étreignait en disant des sottises.

— Pauvre petite chatte.

— Elle a bien du courage.

— Mon Dieu, qu'elle ressemble à sa mère !

C'est pareil dans les zoos. On parle des animaux devant eux. Comme s'ils n'étaient pas là. Comme s'ils n'entendaient pas.

Ça pue, les salons. Pourtant, j'aime les fleurs. Mais ici, les fleurs sont comme les morts. Elles n'ont plus l'air vraies.

Lundi, c'était pire. On était tous tassés autour d'un trou. J'ai pensé à Camille, ma grosse chatte grise. Un matin, elle est rentrée en boitant. Une bête sauvage l'avait mordue. Elle pleurait comme pleurent les chats. De grands sifflements désespérés. Léandre l'avait enveloppée dans une serviette de bain et on avait filé jusqu'à Saint-Jovite chez le vétérinaire. C'était trop tard.

C'est toujours trop tard. L'an dernier, Léandre m'avait menti. C'était une tumeur maligne que les médecins avaient découverte dans le corps de Fernande. Ils l'ont enlevée, mais une autre est apparue. Fernande n'avait pas de problèmes de ménopause. C'est le cancer qui la grignotait.

Tout le monde le savait.

Sauf moi.

Léandre m'avait aidée à la mort de ma chatte Camille. On avait monté la côte à Dubé ensemble. Camille avait l'air de dormir, bien emmaillotée dans la grande serviette. Le Dr Lavoie lui avait fait une injection. Pour qu'elle puisse mourir plus vite. Pour qu'elle ne souffre pas.

Ma mère a-t-elle connu le même sort ?

Je me demande souvent si elle a beaucoup souffert.

Tout en haut de la côte à Dubé, il y a une cascade. L'eau gicle sur les grosses pierres lisses. C'est plein de vie, un torrent. On avait enterré Camille près de là. C'était triste. Mais pas trop. Léandre avait creusé un petit trou. J'y avais déposé ma chatte. Léandre m'avait aidée à la recouvrir de terre.

Les cimetières n'ont rien à voir avec les torrents. J'avais envie de hurler.

— NON ! ARRÊTEZ ! Vous vous êtes trompés. Fernande ne veut pas ça. Elle aime la vie. Le lac, la montagne, les sapins fouettés par le vent. Les chutes, les sources, les rivières, les torrents. Vous n'allez pas l'emprisonner ici !

Ils descendaient la grande boîte de bois au fond du trou. Je les trouvais tellement idiots. Camille était bien sur son matelas de terre. C'est tellement plus doux que du bois.

Un oiseau a crié. Il devait être loin, car il n'y a pas d'arbres au cimetière. C'est comme un désert. J'ai senti quelque chose débouler en moi. Une chute terrible. Un choc atroce.

J'ai crié. Plus fort que les oiseaux sauvages.

Léandre n'a pas bougé. Il criait peut-être, lui aussi, mais en silence.

Paul, le frère de ma mère, a voulu m'étreindre pour me consoler.

— Lâche-moi ! Va-t'en ! Ne me touche pas !

Je criais, je hurlais. Je le frappais le plus fort que je pouvais.

Il le méritait. On n'essaie pas de consoler une bête prise au piège. On la libère. Ou on se tait.

J'avais envie de tout détruire. De faire voler en éclats ce grand désert de fausses pierres. Et tous ces imbéciles, plantés autour d'un trou.

On ne sait jamais combien de temps durent les ouragans. Tout redevient calme d'un coup.

Léandre était maintenant près de moi. On est rentrés à la maison. J'étais épuisée. Mais je ne pleurais pas. Je n'avais pas versé une larme depuis que Fernande était morte.

J'ai souvent pensé à Antoine. Au salon. Au cimetière. Et souvent depuis. Il n'a pas fait l'imbécile, lui. Il n'est pas allé à la mascarade.

— Je t'aime. Je suis là. Appelle-moi quand tu voudras.

C'est tout ce qu'il a dit. C'est tout ce qu'il y avait à dire.

Chapitre 10

L'amour qui tue

J'ai passé la journée sans rien faire. Un long samedi vide. Aussi morne que chacun des jours de la dernière semaine.

Hier, Léandre est retourné au journal. Pour la première fois depuis. J'irai à l'école lundi. Pour la première fois depuis.

Mon jean neuf est déjà trop grand. Je mange juste un peu. Pour faire plaisir à Flavi. Je ne fais pas exprès. On dirait que j'ai un estomac de souris. Trois bouchées et j'ai fini.

Sylvie n'est pas venue aujourd'hui. Elle allait voir Les Détraqués, à Montréal.

— Viens donc ! Ils sont tordants.

J'ai refusé. Je me sens assez détraquée comme ça.

Léandre a travaillé au journal toute la journée. À dix-sept heures, il a téléphoné pour annoncer qu'il rentrerait très tard.

Flavi est retournée à Montréal avec Sylvie et Monique, en fin d'après-midi. J'ai dû lui promettre de mieux manger.

La maison était vide. Pendant les deux premières minutes, je me suis sentie heureuse d'être seule. J'ai ouvert la radio. On jouait une nouvelle chanson des T.B. Je ne comprends pas toujours l'anglais. Surtout sur de la musique. Mais certains mots revenaient souvent : *Killing love*. L'amour qui tue. C'était probablement le titre.

Ils avaient lancé leur nouvel album cette semaine. J'entendais cette chanson pour la première fois. La musique était belle. Puissante. Poignante. Un peu affolante aussi.

Le soleil fondait tranquillement derrière les montagnes. J'avais un peu faim. J'étais presque bien. J'ai étalé un linge sur la table à café du salon et j'ai allumé des bougies. J'avais envie de me gâter. Je me suis préparé un sous-marin et j'ai trouvé une bouteille de vin dans le fond du frigo. Je m'en suis servi un grand verre et j'ai pique-niqué seule en regardant le soleil disparaître.

Je ne me souvenais plus si la bouteille de vin était pleine quand je l'avais prise. À la dernière bouchée de mon sous-marin, elle était vide.

Je ne me sentais ni gaie ni fatiguée. Je me sentais seule. Affreusement seule. J'aurais enlacé un grand sapin glacé juste pour sentir quelque chose d'un peu vivant contre moi.

J'ai composé le numéro. Le téléphone a sonné trois fois. Pendant une seconde, j'ai eu peur que son père réponde. Non. C'était bien Antoine. Je reconnaissais sa voix.

— Marie-Lune ? Qu'est-ce que tu fais ? Où es-tu ? Ça va ?

— Tu m'avais dit que je pouvais t'appeler. Tu n'es plus fâché, hein ?

— Je t'aime. Tu le sais.

— Je peux aller chez toi ?

Il y a eu un silence. Il allait dire non.

— Non. Attends-moi, je monte au lac. Tu ne peux pas venir comme ça... À moins que ton père te conduise.

— Léandre travaille. Mais je ne veux pas que tu viennes. Je veux sortir. Je veux être chez toi. Comme la dernière fois.

J'ai raccroché. Je me suis habillée chaudement. Veste, tuque, mitaines, double paire de bas. Tout le tralala.

J'ai marché jusqu'au dépanneur. J'étais assez habillée pour visiter le pôle Nord et pourtant, j'avais froid. Ça faisait exprès. Pas d'auto. Personne. J'ai continué à marcher. Tant pis. J'étais prête à faire vingt kilomètres à pied.

Des phares se sont approchés. Un gros camion. J'ai levé mon pouce. Je n'avais jamais fait ça. J'ai pensé à Fernande. Si elle me voyait, son cœur flancherait.

S'il battait encore.

Le camion a ralenti. J'ai sauté sur la petite marche, sous la portière. Le conducteur était plutôt vieux. Sûrement pas dangereux. Il faisait chaud à l'intérieur.

— T'as quel âge, toi ?

Tu parles d'une façon d'aborder les gens. Je suis peut-être jeune pour faire de l'auto-stop mais lui, il est plutôt vieux pour conduire un douze roues. On est quittes.

— Dix-sept ans.

Je lui ai servi mon sourire le plus angélique.

— Je n'ai pas l'habitude de faire du pouce, mais mon père est malade. Et les taxis coûtent cher.

Il m'a regardée avec l'air de dire : « Ne me prends pas pour un idiot », mais il s'est tu. Il m'a laissée à l'entrée du village.

Il faisait encore plus froid. J'ai couru. En tournant au coin de la rue, je me suis trouvée nez à nez avec Antoine.

— Tu es folle, Marie-Lune ! J'étais tellement inquiet.

Je ne l'ai pas laissé parler. Je l'ai embrassé. J'avais envie de me noyer dans ses bras.

Tout était propre et rangé chez lui. J'ai enlevé mon manteau, mes bottes et plusieurs pelures. Je portais la chemise bleue du père de Sylvie.

— As-tu faim ? As-tu froid ?

J'ai dit non. Je l'ai embrassé encore.

— Ça va, Marie-Lune ?

C'est fou. Je l'embrasse et il s'inquiète. On était debout.

J'ai déboutonné mon chemisier. Antoine me regardait. Il ne disait rien.

Le chemisier est tombé sans faire de bruit en formant une petite flaque bleue à mes pieds.

Antoine m'a enlacée. Enfin. Il sentait encore la forêt d'automne, les feuilles mouillées et la terre. Tant pis pour l'hiver. Antoine sent l'automne, lui. Il est plus fort que les saisons.

Sa chemise était rude sur ma peau. Je l'ai déboutonnée. On s'est retrouvés nus devant la fenêtre du salon sans rideaux.

Antoine m'a guidée jusqu'à sa chambre. Le matelas s'est creusé sous mon poids. J'étais bien. Comme dans un nid.

Je n'ai pas eu mal quand il a plongé en moi. C'était bon. Nos corps voguaient, secoués par de hautes vagues ; la mer dansait autour de nous.

Mais le temps a brusquement changé. Ça tanguait trop. J'avais peur. Je voulais rentrer. M'étendre doucement sur la plage. Sans bouger.

La tempête s'est abattue sur nous. La mer était déchaînée. Les vagues allaient nous avaler.

J'ai crié. Trop tard. On a chaviré.

La mer allait m'engloutir. Tout était noir. J'étouffais.

J'ai crié encore. J'ai aperçu la forêt. Deux grandes taches vertes. Je me suis accrochée au regard d'Antoine, sinon j'allais me noyer. C'était ma seule bouée.

Il m'a caressé le front, les joues, le cou. Longtemps. Jusqu'à ce que les vents s'apaisent. Puis il m'a aidée à me rhabiller. Sans dire un mot.

J'ai vu qu'il pleurait.

Il a téléphoné à la maison. Puis au *Clairon*. Léandre ne répondait pas. Monique est venue me chercher. Elle n'a rien dit.

Au lac, Léandre ronflait sur le sofa du salon. Il n'avait pas enlevé son manteau, et la neige de ses bottes fondait sur l'imprimé fleuri. Il avait bu, lui aussi.

Monique m'a ramenée chez elle. J'ai dormi dans le lit de Sylvie.

Chapitre 11

Deux Miss Marathon

— Allez ! Secoue ta carcasse, Marie-Lune la lune. Viens voir comme c'est beau. Il a neigé toute la nuit. Veux-tu faire du ski ?

Je venais tout juste d'ouvrir un œil. De comprendre où j'étais et pourquoi j'étais là. De me souvenir d'hier...

— Tu ne me demandes pas ce qui est arrivé hier soir ?

— Euh !... Si tu veux... Mais je sais où tu étais...

— Tu sais aussi que j'ai fait une crise. Monique t'a dit autre chose ?

— Non... Pas vraiment...

Sylvie aime les défis. Les compétitions,

les marathons et les longues randonnées de ski de fond. L'an dernier, elle m'a presque tuée. On a parcouru tous les sentiers du parc du Mont-Tremblant. Rien ne l'arrête. Elle s'est gelé les oreilles, seule sur les pistes un après-midi où il faisait 20 au-dessous de zéro.

Son lobe gauche est devenu tout blanc. Puis il a enflé, il a viré au noir et il est tombé. Pas tout d'un bloc. Un petit bout. Depuis, Sylvie a l'oreille gauche plus fluette que la droite. Pour la faire enrager, Claude Dubé l'appelle Zoreille. Ça marche à tous coups.

— C'est vrai qu'il fait beau. Penses-tu que les sentiers du parc sont déjà ouverts ?

Monique a téléphoné. Toutes les pistes étaient skiables. C'est plutôt rare au début de décembre. On avait eu seulement trois tempêtes. Mais la neige n'avait pas fondu.

— O.K. Je te suis. Mais pas de singeries.

— Ne t'inquiète pas. Le pire qui puisse t'arriver, c'est que tu te gèles le nez. On t'appellera Narine. Penses-tu qu'Antoine t'aimerait quand même ?

Antoine ? Antoine qui ? J'ai senti une onde de chaleur me courir le long des jambes et me monter à la tête. La nouvelle chanson des T.B. m'est revenue. Elle jouait à la radio, hier soir, pendant qu'on faisait l'amour. *Killing love*. L'amour qui tue. Des mots horribles.

C'est là que j'avais paniqué. Les paroles de la chanson avaient déclenché la tempête.

Si Antoine n'était pas entré dans ma vie, Fernande serait-elle morte ?

Le cancer, ça se dompte, je pense. On peut ralentir le cours des maladies. Mais quand l'inquiétude nous grignote les tripes, on devient vulnérable. C'est comme les animaux blessés : les loups sautent dessus.

Robert, notre patrouilleur-secouriste préféré, nous a accueillies au Centre communautaire du lac Monroe. C'est là que les skieurs doivent s'enregistrer avant de s'élancer sur les pistes. Robert est un peu mère poule. Il voulait s'assurer qu'on choisirait les bons farts.

— C'est du bleu aujourd'hui, les filles. Mais emportez du vert aussi. Ils annoncent du mauvais temps en fin d'après-midi. Ne traînez pas sur les pistes.

Miss Marathon a décidé que nous prenions La Mallard. Vingt kilomètres. La plus longue piste. Seule La Poisson est plus difficile. Un peu moins longue, mais plus traître. Le sentier de La Poisson monte à pic pendant plus d'une heure. La descente est terriblement casse-cou.

Les patrouilleurs ont l'habitude de grimper en motoneige jusqu'au sommet en tirant leur traîneau-civière pour ramener les blessés. Les accidents sont fréquents. Une bonne dizaine par année. C'est pour ça qu'entre nous, cette piste-là, on l'appelle La Diable, pas La Poisson.

La neige était bien froide. Nos skis glissaient comme des patins entre les conifères. D'habitude, Sylvie doit souvent m'attendre. Mais là, je filais à toute allure. Sylvie était contente. Nous avions atteint le premier refuge en moins de quarante minutes. Elle a proposé qu'on entre pique-niquer.

Miss Marathon a englouti deux sandwiches au beurre d'arachide, miel et confiture en croquant des cornichons. Ça me donne des frissons. Elle insistait pour que je goûte à tout : sandwich, fromage, noix, chocolat, biscuits. J'obéissais sans broncher. J'étais même prête à manger des cornichons pour avoir la paix et retourner au plus vite sur les pistes. Tant que j'avançais, je ne pensais à rien. J'étais bien.

J'ai pris les devants. Je roulais vite. Le vent me soûlait. C'est encore mieux que le vin. En me gelant les joues, il m'anesthésiait aussi le cerveau.

Je pensais : Antoine. Rien. Le vide. Des nuages. Mon cœur ne battait ni plus vite ni moins vite.

Je pensais : Fernande. C'était pareil. De l'air. J'avais la cervelle creuse. Et je voulais qu'elle reste comme ça.

Arrivées à La Cache, le deuxième refuge, Sylvie a proposé une pause chocolat chaud. Elle était essoufflée. Moi aussi. Mais je n'avais pas envie d'arrêter.

La Cache est perchée sur un sommet. De là, on descend longtemps. J'ai décidé de foncer. Les arbres défilaient à toute vitesse. Le vent me fouettait le visage, et la neige blanche m'aveuglait. Mes skis ont dérapé sur une plaque de glace. Et j'ai fait une culbute avant de me réveiller sur le dos, les quatre fers en l'air.

— Qu'est-ce qui est arrivé ? Tu saignes !

Sylvie avait vraiment l'air inquiète. Je me suis frotté la joue. Puis la tête. Je me suis levée et j'ai secoué mon pantalon. Ma jambe saignait. Ma mitaine blanche était tachée de sang. En tombant, je m'étais enfoncé la pointe d'un bâton dans la jambe droite. Je n'avais rien senti.

— Ce n'est rien. Viens !

— En arrivant au Centre communautaire, il faudra nettoyer ça. Après, on verra. Tu auras peut-être besoin d'une injection contre le tétanos. Tu roules trop vite, Marie-Lune. Je suis plus en forme que toi et je suis crevée. Ce n'est pas bon, au début de la saison. C'est comme ça qu'on se blesse. Tu le sais pourtant.

En apercevant le toit du grand chalet du lac Monroe, j'ai paniqué. Je ne voulais pas rentrer. Je ne voulais pas me remettre à penser. Tant que je skiais, je me sentais bien.

Le stationnement était presque vide. Le soleil descendait doucement. Trois patrouilleurs fartaient leurs skis, prêts à fermer les sentiers.

— Salut, les filles ! Rien à signaler avant qu'on fasse le ménage ?

Sylvie a rougi. Les patrouilleurs, c'est son genre. Musclés, bronzés et pétants de santé. Ils allaient inspecter les refuges et s'assurer que plus personne ne traînait sur les sentiers.

Le ski de fond en montagne, ça peut être dangereux. Il suffit d'une spatule brisée, et on ne peut plus avancer. Sans skis, nos pieds enfoncent dans la neige. En quelques heures, la nuit tombe, et on gèle. Parfois, les skieurs paniquent et se perdent. Certains meurent d'hypothermie.

Moi, ce n'est pas le froid, mais les bêtes qui me font peur. Il y a des renards et des lynx dans la forêt. Des loups aussi. Le froid dévore lentement ; il me semble qu'on doit avoir le temps de se sauver. Sinon, on s'endort lentement et on meurt sans s'en apercevoir. Les animaux sont plus sauvages. Ils bondissent sur leur proie.

— J'espère que maintenant j'ai droit à mon chocolat chaud ? a demandé Sylvie.

— On peut le prendre au Centre communautaire. Il y a des sachets. Ce sera meilleur et plus chaud que le vieux fond qui reste dans ton thermos.

— Bonne idée ! Mais avant, va nettoyer ta blessure. Le sang me coupe l'appétit.

— À vos ordres, madame !

J'avais du mal à paraître joyeuse. Les conversations amicales sont épuisantes quand le tonnerre gronde dans notre ventre. Quand tout dérape. Quand il grêle dans notre tête.

J'ai skié lentement jusqu'aux toilettes. Devant la porte, je me suis penchée pour libérer mes pieds des fixations.

Le vent hurlait. J'aimais sa musique. Elle enterrait tout. Lorsqu'on fonce dans un vent fou, plus rien n'existe. Il n'y a que notre corps qui avance et le vent qui souffle. C'est comme quand on danse sur une musique très électrique. La terre arrête de tourner. Il ne reste que des gestes et des sons.

Je me suis relevée. Les bottines de Monique étaient encore bien ancrées dans leurs fixations. J'ai décidé d'avancer. La Diable était devant.

Chapitre 12

Tempête sur la Diable

Du lac Monroe, le sentier des Falaises grimpe sur un dos d'âne, une bonne butte aux versants à pic. C'est très beau. On a l'impression de franchir une passerelle. Au loin, les falaises sont noires et mystérieuses. L'an dernier, Robert nous a raconté que des hérons bleus nichent au faîte de la montagne l'été. Ils s'installent presque toujours sur de vieux pins mourants.

Tout en haut, après des kilomètres de pentes abruptes, la vue est magnifique. En route, on peut reprendre son souffle à La Perdriole.

Pour oublier la fatigue, il faut se laisser

envoûter par les falaises. La glace épaisse accrochée aux flancs brille sous le soleil. C'est fascinant. Les reflets bleus et verts se teintent de violet parfois.

J'avançais rapidement. C'est toujours facile de glisser dans des traces fraîches. Robert était devant. Je l'avais vu filer vers La Diable.

De nouveau, j'étais bien. Pas besoin de parler. Pas besoin de penser.

Mais il faisait froid. Pendant les quelques minutes d'arrêt au lac Monroe, devant le Centre communautaire, mon corps s'était refroidi, et mes vêtements humides de transpiration étaient rapidement devenus glacés. Il fallait que j'avance vite pour me réchauffer. Que j'avance vite aussi parce qu'il était tard. En partant derrière un patrouilleur, j'avais enfreint le règlement.

AUCUN DÉPART APRÈS 14 H 00

C'est bien écrit au Centre communautaire. Vers quatorze heures trente, les patrouilleurs plongent dans la forêt pour fermer les pistes. Ils ramassent les skieurs en panne ou trop fatigués. Au début de l'hiver, la nuit tombe vite. Elle avale tout, d'un coup, en quelques minutes. À seize heures trente, il fait déjà noir. Ceux qui partent trop tard risquent de se faire prendre par la nuit.

Je savais que Sylvie serait inquiète. Au début, elle croirait que j'avais eu du mal à nettoyer ma blessure. Ensuite, elle me chercherait un peu partout. Elle mettrait un bon moment avant de comprendre que j'étais repartie. Comment savoir sur quel sentier ? En skiant vite, j'avais peut-être le temps de rentrer avant qu'elle s'affole complètement. J'arriverais à boucler la piste en moins de deux heures. Avant la noirceur.

C'était bête de faire ça à une amie. Je le savais. J'aurais pu simplement revenir sur mes pas. Rentrer sagement. Mais à l'idée de cesser d'avancer, de recommencer à vivre avec les rafales dans ma tête et les volcans dans mon ventre, j'avais envie de hurler.

Les conifères agitaient furieusement leurs branches. De vrais cinglés. Le vent soufflait la neige un peu partout. Une pluie de confettis glacés me fouettait le visage.

Autant, cet après-midi, la forêt était pleine de vie, autant les bois étaient maintenant de plus en plus gris. On n'entendait plus criailler les geais et les sittelles. Les mésanges placoteuses s'étaient tues. Les piverts devaient ronfler déjà.

J'avais l'impression de grimper depuis des heures. J'avançais maintenant comme un robot. L'effet euphorique du vent faiblissait. Je me sentais de plus en plus fatiguée. J'avançais mécaniquement. De plus en plus péniblement. À ce train-là, je ne serais jamais au Centre communautaire avant dix-sept heures.

Lentement d'abord, puis de plus en plus fort, la tempête s'est levée en moi. J'étais prise dans un ouragan, ballottée aux quatre vents. Des mots refaisaient surface.

Lorsque le pélican, lassé d'un long voyage
Dans les brouillards du soir retourne à ses roseaux
Ses petits affamés courent sur le rivage

C'était moi, ce grand oiseau. J'étais tellement fatiguée. Mais je n'avais pas fini mon voyage.

Qu'est-ce que c'est, des roseaux ? Je ne suis pas sûre. Est-ce comme les quenouilles ?

Il n'y a pas de quenouilles l'hiver. Il n'y a rien l'hiver. Seulement de la neige.

Et puis je n'ai pas d'enfants, moi, comme la mère pélican. Je n'ai même plus de mère.

Alors il se soulève, ouvre son aile au vent
Et, se frappant le cœur avec un cri sauvage,
Il pousse dans la nuit un si funèbre adieu,
Que les oiseaux des mers désertent le rivage

Il hurle, le pélican. Il souffre, le pélican. Il n'en peut plus. Mais personne ne l'entend.

Ce n'est pas moi, le pélican. Je suis seulement son enfant. La fille d'un oiseau mort. D'une pauvre bête que je n'ai pas vue partir. D'un grand oiseau que je n'ai pas pu embrasser. D'un grand oiseau qui est mort fâché.

Je l'entends maintenant, le cri du pélican. Un grand cri de mort crevant le ciel, déchirant les montagnes. Un long gémissement. À fendre l'âme. Il n'est pas funèbre, le cri du pélican. Juste désespéré.

J'ai soif. Pouah ! La neige est dure et glacée. Elle m'égratigne la gorge.

Je ne m'arrêterai pas vraiment. Une mini-pause. Le temps de me coller contre un sapin géant.

Son écorce est rude. J'y presse mon oreille. Comme si je pouvais entendre son cœur battre.

C'est Antoine. Sa chemise est rude, mais son corps est doux et chaud. J'ai envie d'enlever mes vêtements pour mieux le sentir contre moi.

Est-ce qu'on a vraiment fait l'amour ? Faire l'amour, ce n'est pas la même chose que faire naufrage. On allait faire l'amour pour la première fois. Et puis, on s'est trompés. On a fait naufrage. C'est tout. On n'est sûrement pas les premiers. Il n'y a pas de quoi fouetter un chat.

Il fait noir et il fait froid. Il faut avancer. Fernande voudrait que j'avance. Antoine aussi, je pense.

Mais je vois mal. On ne sait jamais si le sentier va tourner ou pas. Je devrais déjà être au sommet. Où sont les falaises glacées ?

J'ai mal partout. J'ai tellement froid. Le vent me mange tout rond. Bientôt, il ne restera plus rien. J'aurai disparu complètement.

La neige semble plus chaude. Plus enveloppante. Une grosse douillette. Épaisse. Moelleuse. On se glisse dessous. Puis on dort. Le lendemain, tout va mieux.

Je n'ai pas d'oreiller, mais tant pis. En camping, il ne faut pas se plaindre.

Je pense que je vais mourir.

Mourir, ce n'est pas grave. Qui sait ? Peut-être que ce n'est même pas douloureux. Fernande est peut-être très heureuse.

Elle se dit peut-être : «*Wôw* ! J'aurais dû mourir avant. »

Peut-être qu'elle crie :

— Viiiiiiens, Marie-Lune ! Viiiiiite ! Dépêche-toi. Mourir, ça ne fait presque pas mal. Ça ne dure pas longtemps. Ensuite, on est bien.

J'ai mal à la jambe. Mais ça ne saigne plus.

J'aimerais qu'Antoine soit ici. Il me réchaufferait. Mais Fernande se fâcherait, je crois.

Elle ne voulait pas mourir. Elle m'en veut. Elle en veut à Antoine aussi. On l'a poussée vers le précipice. On l'a fait mourir plus vite. Mais on ne le savait pas.

— Comprends-tu ça ? ON NE LE SAVAIT PAS.

Ça fait du bien de crier.

— COMPRENDS-TU ÇA? ON NE LE SAVAIT PAAAAAAS!

Et puis non. C'est trop fatigant. Le mieux, c'est de fermer les yeux.

Il n'y a plus qu'un voile bleu. Léger, léger.

J'aime le bleu.

Le vert aussi. Le vert doré des yeux d'Antoine. Et de Fernande.

J'aime le violet. Sur les falaises glacées.

Et l'ombre noire des montagnes.

J'aime le gris doux des ailes d'oiseau.

Et le blanc lumineux de la première neige.

J'aime les champs blonds, juste avant.

Et l'or blanc des étoiles sur un ciel d'encre.

Mais ça ne compte pas. Tant pis.

Je n'aime plus la vie.

Chapitre 13

Trois lettres

C'est drôle ! Le ciel est blanc et les étoiles noires. Elles ne clignotent même pas.

Non. Ce ne sont pas des étoiles, mais des trous. Des milliers de petits trous.

Je comprends ! Ce n'est pas le ciel, mais un plafond au-dessus de ma tête.

Si je suis dans un cercueil, je suis dans la Cadillac des boîtes de bois. Très confortable. Juste assez mou. J'ai deux draps blancs et une grosse couverture jaune. Je ne savais pas qu'ils nous enveloppaient comme ça.

Mais non ! C'est ridicule. Ce n'est pas un cercueil, le plafond est cent fois trop haut. À moins que j'aie ratatiné en mourant.

Je pense que je ne suis pas morte.

Ce n'est pas grave. C'est peut-être mieux ainsi.

— Bonjour, beauté !

Je me relève tranquillement. Ouille ! J'ai mal à la tête.

Un homme me soulève un peu, cale un oreiller dans mon dos.

C'est Robert ! Et je suis à l'hôpital. La preuve ? J'ai un bracelet de plastique autour du poignet. Rien de très élégant.

— Salut, Marie-Lune ! T'as failli voyager dans le firmament. Je vais dire aux infirmières que t'es réveillée...

— Non. Attends ! S'il te plaît...

— *Ben* sûr...

— Qu'est-ce qui est arrivé ?

— Ça serait plutôt à toi de raconter... Je venais d'atteindre La Perdriole... Je roulais vite parce qu'il faisait un froid de canard. C'est là que j'ai entendu quelqu'un crier. Je me suis dit que c'était impossible. Que j'avais dû rêver. Il fallait être fou pour traîner derrière moi par un temps pareil. J'ai continué d'avancer, mais ça me tracassait. Je suis redescendu un peu pour voir.

C'était chouette d'entendre Robert. Il racontait une histoire. J'écoutais comme si je ne connaissais pas la suite.

— J'ai failli te manquer. T'étais sortie du sentier. Heureusement que tes skis sont orange. J'ai aperçu une spatule entre les branches. C'est comme ça que je t'ai trouvée. Un petit paquet gelé.

Il s'est éclairci la voix en grognant un peu.

— T'aurais pu mourir... Tu le sais ?

Je l'ai regardé droit dans les yeux.

— Oui. Je le sais.

Il a continué.

— Là, j'ai décollé. Dieu merci, je suis assez en forme. J'ai descendu au lac Monroe d'une traite. Sans piquer de plonge. Une chance ! Les patrouilleurs avaient déjà accroché des traîneaux aux motoneiges. Mais ils partaient à l'aveuglette. J'ai demandé à André de m'aider, et on est venus te chercher.

Il parlait vite. Lui aussi avait eu peur.

— Il y avait un peu de sang sur ton pantalon. Et sur tes mitaines. Rien de grave. Mais tes lèvres étaient bleues et tes doigts blancs. Ton nez aussi.

J'ai ri. Robert avait l'air de penser que j'étais complètement marteau.

— Ils vont m'appeler Narine !

J'ai expliqué à Robert l'histoire de Zoreille et de Narine. Il semblait soulagé.

— Ne t'inquiète pas, va ! Ton nez est beau. Mais tu vas peut-être perdre un ou deux orteils... Si ton chum ne t'aime plus, il ne te méritait pas. Moi, si j'avais quinze ans, je te trouverais belle même sans orteil.

J'ai dû faire une grimace. J'avais vraiment mal à la tête.

Il m'a embrassée gentiment sur le front. Je me suis soudain sentie terriblement triste. J'ai attrapé son bras.

— Merci...

Il m'a lancé un clin d'œil et il est parti.

Ils m'ont vite assaillie. Léandre, Sylvie, Monique. Je leur bâillais au nez ; je voulais seulement dormir. Alors, ils m'ont embrassée, minouchée, dorlotée et ils ont disparu.

Léandre n'a pas parlé de sa brosse. Ni de la mienne. Ni de La Diable. Ni de Fernande.

— Ça va aller, ma chouette ! C'est une grosse côte à remonter. Mais on est deux.

C'est à peu près tout ce qu'il a dit. J'ai failli répondre que les côtes, j'en avais assez.

Flavi aussi est venue. Seule. Ce matin. Elle se tenait bien droite. Elle ne semblait pas gênée comme tous les autres. Elle en a vu d'autres, Flavi. La mort, la folie, la furie, ça ne l'impressionne plus.

— Ça va, Marie ?

Elle était la première à me le demander.

Les autres répondaient d'avance pour moi. Ils juraient tous que j'allais bien. Qu'est-ce qu'ils en savaient ?

Flavi m'a laissé une grande enveloppe contenant trois lettres.

De Fernande.

— Je triche, Marie. J'avais promis de te les remettre beaucoup plus tard. Ta mère voulait attendre que tu aies vingt ans. Mais je pense que tu es prête. Prends ton temps pour les lire. C'est à toi.

Je n'ai pas ouvert l'enveloppe. J'attends. Je reprends des forces. Ce midi, j'ai même mangé les pois. Quand j'étais enfant, je refusais d'avaler ces petites billes dégueulasses. Je disais que c'étaient des crottes de poules malades.

En pensant aux poules, j'ai ri. L'infirmière m'a regardée bizarrement. Je me demande ce que les infirmières racontent à mon sujet lorsqu'elles bavardent ensemble au bout du corridor.

Demain... Peut-être... J'ouvrirai l'enveloppe. Ensuite, j'attendrai. Quelques heures ou quelques jours. Pour m'habituer à ces petits morceaux d'elle. Les lettres portent peut-être son parfum. Je sens qu'il faudra les apprivoiser.

J'ai décidé de marcher un peu avant de

dormir. Dans le corridor, une infirmière m'a fusillée du regard.

— « Prends ça cool ! Je n'ai pas mes skis... »

C'est ce que j'avais envie de lui dire. Mais je suis polie.

J'avais déjà arpenté deux étages quand je l'ai aperçu... Antoine ! Que faisait-il ici ? Ma chambre n'était pas dans cette aile, ni à cet étage. Pourtant, il avançait sans hésiter, comme s'il savait où il allait.

Il s'est arrêté devant une porte. Il a frappé doucement et il est entré.

Je m'attendais à ce qu'il ressorte tout de suite. Il verrait bien que Marie-Lune n'y était pas.

Mais il est resté. Longtemps.

Je me suis approchée. Antoine me tournait le dos. Il tenait la main d'un homme.

Son père !

Mon Dieu, que je suis bête ! Sylvie ne m'avait pas donné de nouvelles d'Antoine. Léandre et Monique non plus. Et je n'en avais pas demandé. Il aurait pu lui arriver des millions de choses pendant tout ce temps. Il aurait pu déménager à Tombouctou, gagner la Super Loto. Ou mourir. Son père aussi.

— Antoine !

Il s'est retourné. Il a rougi.

— Marie-Lune !

C'est moi maintenant qui étais gênée.

— Je t'ai vu. Je marchais. Je pensais que tu venais me voir... Excuse-moi...

— Non. Attends ! Ne te sauve pas. Mon père a eu une crise de foie. Je voulais te voir... Mais je ne savais pas si je devais. Je t'ai fait assez de mal comme ça...

— Quoi ? Pourquoi ?

Son père dormait. Mais les trois autres malades dans la chambre nous écoutaient. Tant pis.

— Je n'aurais pas dû, Marie-Lune. Je m'excuse. Je savais que tu étais en miettes. Mais quand je t'ai vue à moitié nue... J'ai oublié... Ça faisait longtemps que je t'imaginais comme ça. Tu es encore plus belle que je pensais.

Il a pris mes mains et les a délicatement emprisonnées dans les siennes. Comme la première fois.

J'ai fermé les yeux. Je voulais partir. Tout de suite. Pour passer la nuit avec ce doux souvenir.

Je craignais que l'ouragan ne s'éveille en moi. Qu'il gonfle et se déchaîne. J'avais peur d'éclater. Mais avant de quitter Antoine, j'ai réussi à réunir suffisamment de courage pour sourire. Bravement. Afin qu'Antoine ne se sente pas trop seul. Afin qu'il sache que j'avais compris. Que ça allait. Que j'étais peut-être en miettes, mais bien vivante.

Avant de m'endormir, j'ai ouvert la grande enveloppe brune. Je ne pouvais plus attendre. Les trois enveloppes à l'intérieur étaient blanches et plus petites. Fernande avait écrit sur chacune d'entre elles « À Marie-Lune », suivi d'une date :

23 novembre 1976
28 octobre 1991
30 novembre 1991

Elles avaient l'air bien mystérieuses, ces lettres.

J'ai fermé les yeux. Demain... Peut-être...

Chapitre 14

Tu es née ce matin, ma belle

— Allô !

Je me suis réveillée avec un Martien à côté de moi.

— La madame a dit que je pouvais te visiter... T'es pas dangereuse. Ni contagieuse. T'as juste essayé de mourir.

Un drôle de petit bonhomme était installé sur la chaise à côté de mon lit. Son crâne presque chauve était hérissé de quelques poils d'un blond roux. Il portait un pyjama rayé avec des tas de dinosaures rouges, bleus et verts. Et ses grands yeux caramel me dévoraient comme si c'était moi, l'extra-terrestre.

— C'est vrai que tu voulais mourir ? Les infirmières disent que c'est pas si sûr...

— Un instant, monsieur ! Ça ne serait pas plutôt à moi de poser les questions ? C'est ma chambre ici. Non ? Comment t'appelles-tu ?

— Bruno.

— Bon ! Bonjour, monsieur Bruno. Oui, oui, vous pouvez entrer. C'est gentil d'avoir frappé avant...

Il a éclaté de rire. Un beau rire pétillant. Clair et léger. Plein de bulles.

— Que faites-vous à l'hôpital, monsieur Bruno ? Amygdalite ? Appendicite ?

Il riait encore.

— *Ben* non ! J'ai le cancer, voyons.

Un grand frisson m'a parcourue. Du bout des orteils jusqu'à la pointe des cheveux.

— T'es drôle, toi ! D'habitude, le monde devine. J'ai perdu mes cheveux. C'est la chimo qui fait ça.

— La chiMIO. Pas la chimo.

— Tu vois. Tu connais ça. C'est à mon tour, là ?

— Ton tour de quoi ?

— De poser les questions, voyons. C'est vrai que t'es partie dans la forêt quand c'était presque la nuit ? Le savais-tu que c'était dangereux ? Voulais-tu mourir ?

— Trois questions d'un coup, c'est beaucoup ! La prochaine fois, une seule suffira. Disons que c'est une exception.

Il me regardait comme si j'étais le père Noël. Ou Superman. Quelqu'un de grand et d'important, en tout cas.

— Je suis partie en skis trop tard. Je le savais. Mais je ne voulais pas mourir. Voyons donc !

— T'es sûre ?

Il était petit mais pas nono.

— Au début, oui. Je voulais simplement continuer à skier. Parce que ça m'empêchait de penser. Après... peut-être que j'ai voulu mourir.

Ça faisait drôle de m'entendre dire ça. Mais c'était vrai. C'est plus facile de parler aux extra-terrestres.

— Tu voulais mourir ? Pourquoi ?

Il est devenu tout rouge. J'ai pensé que ça le gênait de parler de ça.

— Euh !... *escuse* ! Je pense que j'ai posé deux questions, là... Hein ?

J'ai éclaté de rire et j'ai ébouriffé les quelques poils roux sur son crâne.

— Je voulais mourir parce que ma mère est morte. Elle est morte très vite. Je ne savais pas qu'elle avait... une maladie grave. J'aurais dû m'en douter. Peut-être que je ne voulais pas le savoir. Elle est morte quelques minutes avant que je puisse aller la voir à l'hôpital. Et quelques jours après une grosse chicane...

— Ouin... T'es pas chanceuse, chanceuse. Qui va te consoler ?

Je n'étais pas sûre de la réponse.

— J'ai mon père, des amis. Un amoureux....

— Un AMOUREUX ? Moi aussi, j'ai une amoureuse ! Anne-Marie. Mais elle est plus grande que moi. Mon ami Guillaume dit qu'on ne pourra jamais se marier à cause de ça. Toi..., qu'est-ce que tu penses ? De toute façon, Anne-Marie ne sait pas que je l'aime...

Il s'est arrêté pour reprendre son souffle.

— Je peux monter dans ton lit ?

— Si Anne-Marie te voyait, elle ne serait pas fâchée ?

Il n'a pas répondu. Il s'est glissé sous les couvertures. Son petit corps était chaud. Cinq minutes plus tard, il était endormi.

J'ai pris la première lettre. La plus vieille.

23 novembre 1976

À Marie-Lune,
Tu es née ce matin, ma belle.

Je voudrais te dire tant de choses. Mais je suis fatiguée et je ne suis pas très douée pour l'écriture.

J'aimerais que tu lises cette lettre dans vingt ans. Ou quand tu auras des enfants. On verra.

Je ne sais pas du tout ce qui va nous arriver. Qui je vais devenir ni qui tu seras. Mais c'est le plus beau jour de ma vie.

Ça fait mal accoucher. Je ne pensais pas que ça faisait aussi mal. Dans les cours prénatals, on nous enseigne qu'en respirant bien, c'est possible de contrôler la douleur.

C'était atroce. Pourtant, je respirais exactement comme on me l'avait enseigné. Il y a eu des secondes, des minutes peut-être, où j'ai presque regretté de t'avoir fabriquée.

Je me demandais dans quelle galère je m'étais embarquée. J'avais l'impression que mon ventre allait éclater.

Pauvre Léandre – c'est ton père ça –, chaque fois que je criais, il pâlissait. Si tu n'étais pas sortie, je pense qu'il serait devenu transparent.

J'ai repris courage quand ils m'ont annoncé qu'ils voyaient tes cheveux. Tu t'en venais ! Je ne savais pas si tu étais une fille ou un garçon. Ça ne me dérangeait pas. Du moment que tu étais là.

Je savais que tu n'aurais probablement pas de frère ni de sœur. C'était déjà un petit miracle que tu sois là. Je te raconterai ça une autre fois…

Mais, ma petite bonjour, tu me faisais mal en creusant ton chemin. À un moment donné, le Dr Lazure a lancé : « Arrêtez de pousser, Fernande. » Je l'aurais étripé ! Ça paraît qu'il n'a jamais accouché, lui. C'est facile à dire, ça : « Arrêtez de pousser. » Mais ce n'était pas moi, c'était toi qui poussais. Tu étais déjà toute là. Avec ton petit caractère, tes désirs et tes idées.

Je me suis dit : « Au diable le beau docteur. Elle veut sortir, elle va sortir. » Je t'ai aidée. J'ai pris une grande respiration et j'ai poussé comme si j'avais une montagne à déplacer.

Soudain, je t'ai entendue. Tu n'étais pas grosse, mais tu en faisais, du vacarme ! Tu ne pleurais pas, tu beuglais. Ça me faisait peur. J'ai pensé que quelque chose n'allait pas.

Tu avais peut-être un cordon enroulé trois fois autour du cou. Je n'avais pas le courage de regarder.

L'infirmière a crié : « C'est une belle fille ! »

Au ton de sa voix, je savais que tout était parfait.

Mais les bébés, moi, je ne connaissais pas ça. Tu étais toute rouge et tu hurlais. J'ai cru que je ne saurais jamais comment faire. Trouver les bons gestes, les bons mots. Qu'est-ce qu'on fait avec un petit paquet de chair qui hurle à ébranler les maisons ?

Ils t'ont déposée sur mon ventre mou. J'ai failli crier : Non ! Attendez ! Montrez-moi comment faire avant.

Tu étais encore gluante. Mais tu avais un nez mignon, une belle petite bouche et deux grands yeux qui me regardaient comme s'ils me connaissaient. Tu étais toute chaude. Moi aussi. On avait fait tout un marathon ensemble.

C'est là que je me suis aperçue que tu ne pleurais plus. Depuis que nos corps s'étaient touchés. Un vrai miracle.

Tu ressemblais à un petit oiseau affamé avec ton bec qui cherchait mes seins. Je t'ai aidée. Tu faisais presque pitié, tellement tu avais faim. Déjà. Ou peur. Je ne sais pas.

Pendant que tu tétais, je ronronnais.

C'est à ce moment-là que j'ai compris qu'on était unies pour la vie. Ce qu'il y avait entre nous, c'était déjà plus fort que tout.

Je ne sais pas ce qu'on va devenir, Marie-Lune. J'espère que je serai une bonne mère.

Quand je ne saurai plus, tu m'aideras. Mais je serai toujours là. C'est sûr.

Je t'aime, Marie-Lune.

Bonne vie !

Ta mère

Bruno dormait toujours à côté de moi. Sa présence m'aidait. Une infirmière est venue avec un plateau d'œufs brouillés et de jambon. Ça sentait bon.

— Chut !

Je lui ai fait signe de se taire, en désignant Bruno. Elle a souri et elle est repartie avec son plateau. Tant pis, je mangerais plus tard. Je ne voulais pas le réveiller.

Sitôt fermée, la porte s'est rouverte en coup de vent.

— Salut, ma cocotte ! Je passe vite. Je ne peux pas rester. Monique avait une course à faire à côté...

Sylvie s'est arrêtée d'un coup. Elle venait de voir une autre tête sur mon oreiller.

— Qu'est-ce que c'est ça ?

— Un chimpanzé !

— Ne fais pas la drôle...

— Excuse-moi. J'étais gênée de te le dire : « C'est un orignal ! »

Bruno était réveillé. Et mort de rire.

— Allez, Bruno, brame. Si j'ai bien appris mes leçons de français, c'est ça, le bruit d'un orignal. Si tu ne *bramasses* pas, mon amie va penser qu'on se paie sa tête. Vite, brame !

Il riait tellement qu'il s'étouffait. Sylvie aussi. Ensuite, j'ai fait les présentations.

— Je pense que je vais le dire à son amoureux. Il ne sera pas content de savoir qu'elle le trompe.

— Je le sais qu'elle a un amoureux. Il s'appelle comment ?

— Antoine...

C'est moi qui ai prononcé son nom. Ça me faisait du bien de le dire.

L'infirmière est entrée. Marielle Lajoie. La même que tout à l'heure. Avec le même plateau. Et elle avait l'air de dire : « Cette fois, tu manges, ma fille. »

— Je pense que tu nous quittes demain, Marie-Lune...

Elle voulait seulement faire la conversation. Mais Bruno a frémi sous les couvertures.

— Non, j'ai changé d'idée.

Sylvie a failli s'étouffer avec sa gomme. Garde Marielle m'a regardée, l'air de dire cette fois-ci : « Tout le monde a raison : elle est folle ! »

— Je ne peux quand même pas laisser mon mari seul. Il va trop s'ennuyer. Alors, je reste.

En parlant, j'avais entouré Bruno de mes bras. Et il s'était collé contre moi. La bouche fendue jusqu'aux oreilles.

Marielle a tout saisi.

— Je comprends très bien, madame.

Mais, vous savez, votre mari aura droit à des visites. Tous les jours, si vous voulez. Normalement, on visite les gens en s'assoyant *à côté* du lit. Pas dedans. Mais si vous trichez un peu, on n'en fera pas tout un plat. Venez visiter votre mari en pyjama, si vous y tenez. Ou en costume de bain, tiens. Pourquoi pas ?

Bruno riait. J'étais contente.

— Votre mari a-t-il faim, madame ? Je pourrais peut-être apporter son plateau ici ?

Chapitre 15

Les sapins dansent
dans la tourmente

Je voulais lire une autre lettre aujourd'hui. J'ai attendu d'être seule. L'après-midi, dans les hôpitaux, c'est comme dans les garderies. Tout le monde fait la sieste.

28 octobre 1991

Marie-Lune,

Je pense qu'ils ont tous tort. Tu devrais le savoir. Mais je n'ose pas.

Si je me trompais… Si c'était pire de savoir…

Je vais mourir. C'est sûr, maintenant. L'an dernier, j'ai trouvé la petite bosse sur mon sein, trop tard. Depuis, le cancer s'est répandu.

J'ai peur.

Le pire, ce n'est pas de mourir. C'est de mourir au mauvais moment. J'aurais aimé que tu sois plus vieille. Mariée peut-être. Avec des enfants, si possible. Je sais que ça fait ancien, mais je partirais moins inquiète. Depuis hier, j'ai encore plus peur. Tu es revenue de ta danse d'Halloween, le cœur en feu. Le corps aussi.

Ce n'est pas le temps de tomber amoureuse. Mais tu ne le sais pas. Ce n'est pas de ta faute.

Si j'avais toute la vie devant moi, je m'inquiéterais moins. Je pourrais te suivre pas à pas. Même quand tu ne veux pas.

Mais je suis à court de temps, et toi, tu cours trop vite.

C'est vrai qu'il est beau, ton Antoine. Je ne suis pas aveugle. Et il n'a pas l'air méchant pour deux sous. Il a de grands yeux doux...

Mais je connais sa vie. Sa mère, son père. Je ne veux pas prendre de risque. Je voudrais que tu attendes. Que tu en choisisses un autre. Plus tard.

Hier soir, malgré ma peur, je trouvais ça beau de t'entendre. Tu étais tellement heureuse. Tu flottais. Ça se voyait.

Ça m'a ramené une grosse pelletée de souvenirs.

La nuit dernière, j'ai rêvé à ton père. À

nous, il y a presque vingt ans. Le jour où on s'est rencontrés. Je ne te l'ai jamais raconté…

Au dépanneur, chez Flavi, il y avait deux ou trois tables et des chaises. On servait du Coke et du café. Un matin, Léandre est entré. Je l'avais déjà vu. De loin, seulement. Ton père n'est pas né ici, tu le sais. Il vivait dans le Nord depuis seulement quelques mois.

Il s'est assis, il a commandé un Coke. Je me rappelle chaque mot, chaque geste.

— As-tu du Coke, ma belle noire?

J'ai rougi jusqu'aux orteils.

Je pense que je l'ai aimé tout de suite, passionnément. Sans le connaître vraiment. Je savais que c'était lui, l'homme de ma vie.

Ce soir-là, à l'heure où on range tout avant de fermer le dépanneur, je l'ai vu arriver. Il m'attendait. Il m'a invitée à aller marcher avec lui. Il faisait un froid de canard, mais j'ai accepté.

Je ne l'ai jamais dit à personne. Même pas à lui. Mais j'ai su ce soir-là qu'on se marierait.

Ne ris pas. Je te jure que c'est vrai. Je l'aimais déjà. Et lui aussi m'aimait. Je le savais.

Dans sa façon d'être beau, on voyait qu'il était bon aussi. Je ne peux pas te donner plus d'explications.

Un an après, on était mariés. Onze mois plus tard, tu es née.

Mais tu aurais pu naître avant...

Flavi n'est pas au courant. Je ne sais pas si les mères racontent ces choses-là à leurs filles quand elles sont plus vieilles... Mais je n'aurai pas la chance de me reprendre. Et je veux te le dire.

C'est arrivé un soir de tempête. Flavi était partie passer deux jours à Montréal. Son père avait eu un accident. Il fallait que je reste dans le Nord. À cause du dépanneur.

Léandre est venu ce soir-là. Tard. Après son ouvrage. Il travaillait déjà au journal. Je fermais le dépanneur. Il ne savait pas que Flavi était partie.

Quand on s'est retrouvés seuls, chez nous, j'ai su tout de suite qu'on allait faire l'amour. Il y avait de l'électricité dans l'air.

Je ne l'ai jamais dit à ton père, mais je pense qu'il a deviné : je n'ai pas tellement aimé ça, la première fois.

Faire l'amour, pour moi, c'était un peu la fin du monde.

Aujourd'hui, je sais que ça peut être grand, et beau, et magique. Mais pas chaque fois... Et pas toujours la première fois.

Après ça, j'ai eu peur. On allait se marier dans quelques mois, et je me demandais presque si je l'aimais. Je me disais que si on s'aimait vraiment, ç'aurait dû être merveilleux tout de suite. Dès la première fois. Je serais partie en Boeing pour le septième ciel.

C'est Léandre qui m'a aidée à me retrouver. À le retrouver. Il a senti que quelque chose n'allait pas. Mais il ne me poussait pas, il ne me pressait pas. Il m'aimait. Tout simplement. Je le sentais tout le temps.

Petit à petit, j'ai compris que c'est l'amour qui compte. Le reste, ça s'apprend. Ça s'apprivoise. La nuit où on t'a fabriquée, quelques mois plus tard, on était déjà des vrais pros...

Je te souhaite d'aimer quelqu'un, Marie-Lune. Très, très fort. Et qu'il t'aime, lui aussi. Aussi fort. C'est tout ce qui compte dans le fond.

Je ne sais pas qui ce sera, ma chouette. Le pire, c'est que je ne le saurai jamais. Ça me fait tellement mal quand j'y pense.

La lettre n'était pas signée. Les derniers mots étaient mal tracés. L'encre avait coulé... Fernande avait pleuré.

Mon cœur battait trop fort. Il se fracassait contre le mur de mon corps.

J'ai ouvert la dernière enveloppe sans même m'en apercevoir.

30 novembre 1991

À ma Marie-Lune,

Hier soir, je leur ai dit que je voulais être un

peu plus lucide pendant quelques heures ce matin.

Je ne souffre pas beaucoup. Il faut que tu le saches. On me donne des injections qui me font flotter. Mais ce matin, j'ai refusé l'injection.

Je pensais t'écrire mes adieux en pleurant toutes les larmes de mon corps.

Mais ce n'est pas ça... Je suis bien, Marie-Lune.

C'est triste de partir. C'est sûr. J'aimerais mieux rester...

Mais je me sens comme les voiliers qui glissent sur le lac, l'été, par temps clair. Ils dérivent doucement. Poussés par le vent.

Je pensais que je te ferais des adieux, mais je n'avais rien compris. Je ne pars pas vraiment, Marie-Lune. Je le sais maintenant. J'en suis certaine. Hier après-midi, Flavi m'a apporté une lettre que je t'avais écrite le jour de ta naissance. Je ne l'avais jamais relue.

En relisant la lettre, j'ai compris.

On est un peu la même personne. Moi, je t'ai fabriquée. Toi, tu m'as transformée. En quinze ans, on a fait tellement de choses ensemble. De toutes petites et de très grandes.

J'ai dû attacher au moins un million de fois les boutons de tes chemisiers, de tes manteaux, de tes robes et de tes pantalons. C'est impressionnant, quand on y pense...

Et entre les boutonnages, il s'en passait des

choses. Toutes les fois que je t'ai consolée.
Tous les sourires que tu m'as donnés.

Tes caresses, tes sourires, tes mots gentils
transformaient ma vie. Ils me donnaient con-
fiance en moi. Tu me souriais, et je me sentais
unique au monde.

Quand je serai partie, Marie-Lune, je veux
que tu fouilles un peu en toi. Tu verras : je
serai là. Toujours. À chaque instant.

Au creux de toi.
À bientôt, Marie-Lune,
Je t'aime,

Fernande

Le barrage a sauté. D'un coup. Le mur
a volé en éclats. L'eau a tout défoncé. Elle
n'en pouvait plus d'être emprisonnée.

Elle coulait librement. Enfin.

Je n'aurais jamais cru que c'était si bon
de pleurer.

C'était la première fois. Depuis.

L'orage a duré longtemps. Très, très
longtemps. Jusqu'à ce que je sois bien à sec.

J'étais épuisée maintenant. J'allais
m'endormir quand j'ai vu Antoine. Il était
là. À trois pas. Il hésitait. Il avait l'air gêné,
à moitié caché derrière la porte.

— Viens.

Il s'est approché lentement et il a caressé

tendrement mes cheveux emmêlés sur l'oreiller.

J'ai fermé les yeux.

Je revoyais Antoine dansant avec Nathalie Gadouas, le soir de l'Halloween. Soudain, sa grande forêt verte réapparaissait devant mes yeux. Nous dansions sous le tilleul. Il m'embrassait pour la première fois. Nous courions dans la tempête, puis nous faisions l'amour comme on fait naufrage. Nous étions maintenant étendus sur la plage. Fatigués, perdus, blessés...

— Je t'aime, Antoine.

Je ne l'avais pas dit très fort. Alors, j'ai répété :

— Je t'aime, Antoine.

Il n'a pas répondu.

— Je ne sais pas si on sera capables... Si c'est possible. Je suis vivante. Plus forte aussi. Mais les tempêtes vont revenir.

La preuve, c'est que j'avais envie d'éclater.

— J'ai peur, Antoine. Tellement, tellement peur.

Sa forêt. Mon Dieu que j'aime ses yeux !

Ses yeux me répondaient. Qu'il serait patient. Qu'il avait peur, lui aussi. Qu'il était prêt à partir sur tous les ruisseaux, les lacs, les rivières et les mers. Avec moi. Sans savoir où ça mènerait. Tant pis, si ça ne menait nulle part.

On ne pouvait s'empêcher d'essayer.

Les grands arbres n'ont pas peur des tempêtes. De la neige, de la pluie, de la grêle. Ils se tiennent droits dans le vent. Hauts et puissants. Leurs longs bras ploient sans craquer. Ils dansent, eux, dans la tourmente. Leurs gestes sont souples. On sent qu'ils sont résistants.

Les grands sapins ne tombent pas. Ils attendent d'être très vieux. Secs et usés. Des centaines d'années. Et jusqu'à la fin, ils restent droits.

IMPRESSION
IMPRIMERIE GAGNÉ

IMPRIMÉ AU CANADA